唐詩欣賞與創作入門

許正中　著

東大圖書公司

國家圖書館出版品預行編目資料

唐詩欣賞與創作入門／許正中著.－－初版一刷.－－
臺北市：東大，2007
面；　公分.－－(文苑叢書)

ISBN 978-957-19-2871-5　(平裝)

1. 中國詩－歷史－唐(618-907)
2. 中國詩－詩韻
3. 中國詩－寫作法

820.9104　　96004458

著作人　許正中
責任編輯　邱垂邦
美術設計　林韻怡
發行人　劉仲文
著作財產權人　東大圖書股份有限公司
發行所　東大圖書股份有限公司
地址　臺北市復興北路386號
電話　(02)25006600
郵撥帳號　0107175-0
門市部　(復北店)臺北市復興北路386號
(重南店)臺北市重慶南路一段61號
出版日期　初版一刷　2007年6月
編號　E 821040
基本定價　參　元
行政院新聞局登記證局版臺業字第〇一九七號

ISBN 978-957-19-2871-5　(平裝)

序言

唐詩是中國文學之精華，千百年來深受國人珍愛。時至今日，幾乎每個中國讀書人皆可朗誦幾首唐詩；政治人物、社會名流等，在公私場合，亦常引用唐人詩句，以示高雅。凡此皆足見國人普遍喜愛唐詩的程度。

唐詩在中國文學史上稱為近體詩，有其特定的格式，構成這些格式的，有聲、韻兩大要素。瞭解其規則要素，可說即掌握欣賞與創作唐詩的入門之鑰。本人於本書篇首略述近體詩之源流後，乃就其聲韻特質與相關要素加以分析說明，並輔以實例，末章則不揣淺陋，謹就個人管見所及，貢獻近體詩之作法與析賞舉隅。希望這本小書能對國人瞭解唐詩的聲韻規則與格式有所幫助，進一步獲得欣賞與涵詠唐詩之樂。

讀者諸君在掌握近體詩的聲韻格式之後，偶有靈感，詩興勃發時，如能創作出類似唐詩的作品來，幸莫大焉！

許正中　二〇〇七年五月於洛杉磯

唐詩欣賞與創作入門

目次

序言

第一章　唐前中國詩體之演進……一

一、中國詩之源頭……一

1. 詩經……一

2. 楚辭……六

3. 漢樂府……六

二、古體詩之成熟……八
三、近體詩之醞釀……一一
第二章 古近詩體之區別……一五
第三章 唐詩之聲調……一九
一、四聲與平仄……一九
二、平仄之規則……二四
第四章 唐詩之押韻……二九
一、韻書與押韻……二九
二、擇韻與和韻……三一
三、湊韻、重韻、同義字、倒韻、僻韻、啞韻等過失……三三
四、引韻與鄰韻……三四
五、唐韻與多音字……三六

六、雙聲與疊韻……三七
第五章 唐詩之格式……四五
一、絕句之格式……四七
五絕……四七
七絕……五三
六絕……五九
二、律詩之格式……六二
五律……六二
七律……六八
排律……七五
第六章 變格與拗救……七九
一、雙平拗句……八〇
二、雙仄拗句……八一

三、孤平拗救……八四
第七章　唐詩中之對偶……八九
一、對偶之形成……八九
二、對偶之實例……九一
三、句中自對……九三
四、對偶在律詩中之位置……九五
五、對偶在絕句中之位置……一〇五
第八章　唐詩之音樂美……一一三
一、詩源於歌……一一三
二、唐詩是傳唱的……一一四
三、唐詩之音樂性……一一九
第九章　唐詩之作法與析賞舉隅……一二一

一、詩作之梗概……一二一
1. 詩之發端——詩題……一二一
2. 詩之內容——情與景……一二六
3. 詩之結構——起承轉合……一二九
4. 詩之著力處——詩眼……一二九
二、絕句之作法與析賞舉隅……一三〇
三、律詩之作法與析賞舉隅……一三二

附錄

詩韻簡易錄……一四九

第一章　唐前中國詩體之演進

一、中國詩之源頭

1. 詩經

中國文化源遠流長，早有文字。最初有記載的詩是《詩經》。《詩經》主要的是四言四句形式，它是中國最早詩歌的總集，收集自西周初年（西元前十一世紀）至春秋中葉（西元前六世紀）時期的詩歌三百零五篇。孔子刪定《詩》、《書》、《易》、《禮》、《樂》、《春秋》，後世稱之為「六經」，故稱《詩經》。《詩經》有「風」、「雅」、「頌」三部分，「風」包括那時的十五國風，大多是黃河流域各地的土風歌謠。「雅」有「正」的意思，是朝廷的樂章，視為正聲。

「頌」是祭祀的祝文歌曲。

《詩經》的形式以四言為主，其特點是章節回環反復。例如〈秦風・無衣〉：

豈曰無衣？與子同袍。王于興師，修我戈矛。與子同仇！

豈曰無衣？與子同澤。王于興師，修我矛戟。與子偕作！

豈曰無衣？與子同裳。王于興師，修我甲兵。與子偕行！

秦地當時常受西戎侵擾。此詩每章開首，皆用自問的句式，說軍情緊急，征衣不能齊備，你我可共軍服；聽到君王興師，便急整軍器，共同對敵，表現愛國情操與英雄氣概！

又如〈魏風・碩鼠〉：

碩鼠碩鼠，無食我黍！三歲貫女，莫我肯顧。逝將去女，適彼樂土。樂土樂土，爰得我所！

碩鼠碩鼠，無食我麥！三歲貫女，莫我肯德。逝將去女，適彼樂國。樂國樂國，爰得我直！

碩鼠碩鼠，無食我苗！三歲貫女，莫我肯勞。逝將去女，適彼樂郊。樂郊樂郊，誰之永號！

此詩將統治者比作貪婪的大老鼠，剝削人民，不顧民困；幻想擺脫困境，得到安居樂土，不再過啼飢號寒的生活！

《詩經》雖是四言體制，有時為表達情意，也有變化，例如〈秦風・蒹葭〉：

蒹葭蒼蒼，白露為霜。所謂伊人，在水一方。遡洄從之，道阻且長；遡游從之，宛在水中央。

全詩三章，只換少許字詞，反復咏唱。這是詩的第一章，寫詩人在秋葦蒼蒼、露重霜濃的景色中，思念愛慕的人；而這意中人遠隔秋水；末句加一「宛」字，用五言表出痴迷的可望而不可即的心境！

又如〈魏風・伐檀〉的首章：

坎坎伐檀兮，寘之河之干兮，河水清且漣猗。不稼不穡，胡取禾三百廛兮？不狩不獵，
胡瞻爾庭有縣貆兮？彼君子兮，不素餐兮！

全詩三章皆以用斧砍木沉重的「坎坎」聲音發端，人民勞動，缺乏衣食，但統治者「不稼不穡」，而家中穀物堆滿倉房；「不狩不獵」，而禽獸掛滿庭院。最後，反語相譏：「老爺們，是不白吃飯的啊！」在揭發不平之餘，還有辛辣的譏刺！

從上舉數例中，已可見《詩經》在文學上運用比興手法；最值得注意的是，每首詩都有韻。《詩經》中常見的用韻方式有三：

第一種方式是句句用韻，例如〈魏風・十畝之間〉：

十畝之間兮，桑者閑閑兮，行與子還兮！

描寫在廣闊桑林中，一群採桑女工作完畢後，呼伴一起還家的歡樂景象。

第二種方式是隔句押韻，例如〈周南・卷耳〉首章：

采采卷耳，不盈頃筐。嗟我懷人，寘彼周行。

婦女採了很多卷耳（一種藥用植物），卻總裝不滿竹筐，原來她只心想遠人，卻把竹筐放在大路旁。

又如〈周南・桃夭〉首章：

桃之夭夭，灼灼其華。之子于歸，宜其室家。

用桃花初開時的光采，象徵新婦，渲染結婚喜慶氣氛。

第三種方式是首句次句用韻，隔第三句而於第四句用韻，例如〈周南・關雎〉首章：

關關雎鳩，在河之洲。窈窕淑女，君子好逑。

詩人看見沙洲上雎鳩成雙的在一起，而聯想到人間的婚姻。

2. 楚辭

繼《詩經》之後，戰國時期，中國長江中游地區，產生了「楚辭」。「楚辭」以楚國的三閭大夫屈原為代表，他著有〈離騷〉、〈九歌〉、〈天問〉、〈招魂〉等篇，描述其情志與幻想，鋪張而浪漫。他的長篇代表作〈離騷〉，前一部分回顧自己殫精竭慮、一心為國的歷程；後一部分，寫其在蒙冤被逐後心中的矛盾，與堅持理想、忠於國家的決心。他的弟子宋玉，以著〈九辯〉一詩悲秋而聞名，那是首政治抒情詩，傷時憂國，滿懷淪落悲怨的情調。

這些「楚辭」，較《詩經》的句子加長，篇幅擴充。其顯著的特點是運用感嘆之「兮」字和「其」、「以」、「而」等虛詞，相互配合。整齊中有變化，以調整句子的節奏，使讀起來情調抑揚，音韻嘹亮；句中有三二或四三節奏，後來蛻變為五言或七言的古詩。例如〈離騷〉中：「日月忽其不淹兮，春與秋其代序；惟草木之零落兮，恐美人之遲暮。」如將其中之虛詞略去，即是五言詩。〈招魂〉：「湛湛江水兮上有楓，目極千里兮傷春心！」如果把感嘆詞之「兮」字淡化或去掉，就是有節奏的七言古詩了。

3. 漢樂府

古詩另一源頭是漢樂府。漢武帝在朝廷置一音樂機構名「樂府」，它本來專管郊廟、朝會、祭祀等樂章的演奏事宜，後來擴充職權，兼行採集民間歌謠，入樂演奏，統稱「樂府歌辭」，簡稱「樂府」。漢代民間「樂府」有「相和歌辭」、「清商曲」、「雜曲」三種。「相和歌辭」中如〈江南曲〉：

> 江南可採蓮，蓮葉何田田。魚戲蓮葉間：魚戲蓮葉東，魚戲蓮葉西，魚戲蓮葉南，魚戲蓮葉北。

回旋反復地描繪魚兒在蓮葉四周戲嬉的情景，生意盎然！「清商曲」中的〈西門行〉：

> 出西門，步念之。今日不作樂，當待何時？夫為樂，為樂當及時。何能坐愁怫鬱，當復待來茲？飲醇酒，炙肥牛，請呼心所歡，何用解愁憂？人生不滿百，常懷千歲憂。晝短而夜長，何不秉燭遊？自非仙人王子喬，計會壽命難與期。自非仙人王子喬，計會壽命難與期。人壽非金石，年命安可期？貪財愛惜費，但為後世嗤！

「清商曲」中側調的〈陌上桑〉寫羅敷的美且貞，是首帶有喜劇色彩的民間故事詩，〈白頭吟行〉寫夫妻之離異，都是膾炙人口的名篇。

「雜曲」中富有寓意的短詩：「枯魚過河泣：『何時悔復及？』作書與魴鱮：『相教慎出入！』」則已具備五言四句古詩的形式。「雜曲」歌辭中的〈孔雀東南飛〉，寫東漢末年在婆媳不和逼迫下恩愛夫婦離異自殺的故事，全篇長達三五三句，一七六五字，王世貞《藝苑卮言》讚之為「長詩之聖」！

樂府民歌至南北朝繼續演進，南朝於長江下游有「吳聲歌」與「西曲歌」，寫男女的愛情的如〈碧玉歌〉：「碧玉破瓜時，相為情顛倒。感郎不羞郎，回身就郎抱。」北朝樂府盛行「鼓角橫吹曲」，則是軍馬上所奏的胡樂，歌咏戰爭以及與之有關的戀情等。其中〈木蘭辭〉寫花木蘭代父從軍故事的長詩，全文三三四字，六二句，也是家喻戶曉的名篇。

二、古體詩之成熟

中國成熟的五言古詩，最早的是〈古詩十九首〉。這十九首古詩不是一人一時之作，是後人綴集東漢人的作品而成。《古詩源》云：「十九首大率逐臣棄妻、朋友闊別、死生新故之感。」

「逐臣棄妻、朋友闊別」為題材的詩如：

行行重行行，與君生別離。相去萬餘里，各在天一涯。道路阻且長，會面安可知？胡馬依北風，越鳥巢南枝。相去日已遠，衣帶日以緩。浮雲蔽白日，遊子不顧返。思君令人老，歲月忽已晚。棄捐勿復道，努力加餐飯。

明月何皎皎，照我羅床幃。憂愁不能寐，攬衣起徘徊。客行雖云樂，不如早旋歸。出戶獨彷徨，愁思當告誰？引領還入房，淚下沾裳衣。

上山採蘼蕪，下山逢故夫。長跪問故夫：「新人復何如？」「新人雖言好，未若故人姝。顏色類相似，手爪不相如。新人從門入，故人從閤去。新人工織縑，故人工織素。織縑日一匹，織素五丈餘。將縑來比素，新人不如故！」

十九首中，以「死生新故」為題材者，如：

驅車上東門，遙望郭北墓。白楊何蕭蕭，松柏夾廣路。下有陳死人，杳杳即長暮。潛寐黃泉下，千載永不寤。浩浩陰陽移，年命如朝露。人生忽如寄，壽無金石固。萬歲更相送，聖賢莫能度。服食求神仙，多為藥所誤。不如飲美酒，被服紈與素。

另外，〈古詩十九首〉之第十五首云：

生年不滿百，常懷千歲憂。晝短苦夜長，何不秉燭遊？為樂當及時，何能待來茲？愚者愛惜費，但為後世嗤。仙人王子喬，難可與等齊。

此首詩與樂府〈西門行〉，不僅意旨相同，詞句亦類似，甚至相同。由此可見樂府與古體詩之關係。

中國最早成熟的七言古詩，公認是魏文帝曹丕的二首〈燕歌行〉，玆錄其一如次：

秋風蕭瑟天氣涼，草木搖落露為霜。群燕辭歸雁南翔，念君客遊思斷腸。慊慊思歸戀故鄉，何為淹留寄他方？賤妾煢煢守空房，憂來思君不敢忘，不覺淚下沾衣裳。援瑟

鳴絃發清商，短歌微吟不能長。明月皎皎照我床，星漢西流夜未央。牽牛織女遙相望，
爾獨何辜限河梁？

這是一首逐句押韻的七言詩，寫景抒情，皆甚清麗！

三、近體詩之醞釀

南北朝之南朝齊、梁、陳三代是中國古體詩向唐代近體詩的過渡時期。誠如前節所言，詩體受樂府民歌的影響，那些江南盛行的「吳歌」與「西曲」都是短短的四句，例如「吳歌」中的〈子夜歌〉：「朝思出前門，暮思還後渚。語笑向誰道？腹中陰憶汝！」「西曲」的〈孟珠〉：「望歡四五年，實情將懊惱。願得無人處，回身與郎抱。」

這些民歌，文人仿作之，即成當時流行的所謂五言四句的「小詩」。

七言四句的「小詩」發生較晚。最早的當推南朝宋代湯惠休的〈秋思行〉：「秋寒依依風過河，白露蕭蕭洞庭波。思君末光光已滅，眇眇悲望如思何！」此等五言七言的「小詩」，在形式上，就是唐代近體詩絕句的前身。

在實質上，唐代近體詩的精髓，自然是聲律方面的平仄與韻律。齊永明年間周顒發現漢字有平、上、去、入四種聲調。沈約撰《四聲譜》，創「八病」說，對作詩用字上加以種種限制，其目的在求聲律之和諧與悅耳。當時詩人謝脁、徐陵、庾信等均嘗試合乎聲韻的創作，中國文學史上稱之為「永明體」，是唐代近體詩的先聲。例如謝脁的〈玉階怨〉：「夕殿下珠簾，流螢飛忽息。長夜縫羅衣，思君此何極？」已經全像是首唐代的叶仄聲韻而不太講究平仄的絕句了。

庾信的〈舟中望月〉四首之一云：

舟子夜離家，開舲望月華。山明疑有雪，岸白不關沙。天漢看珠蚌，星橋現桂花。灰飛重暈闕，蓂落獨輪斜。

形式有如唐代五律。又如他的〈烏夜啼〉：

促柱繁絃非子夜，歌聲舞態異前溪。御史府前何處宿？洛陽城頭那得栖？彈琴蜀郡卓家女，織錦秦川竇氏妻。詎不自驚長淚落，到頭啼烏恆夜啼。

形式如同唐代七律。

近體詩之律詩，除講求平仄韻律外，中間兩聯且須對仗，又稱對偶。在修辭上，是將字數相同而又屬於同一詞類或概念對立的詞並列起來，造成整齊之美。其規則是名詞對名詞，動詞對動詞，形容詞對形容詞，虛詞對虛詞等。固然對偶古已有之，尤其南北朝盛行的駢儷賦體的文學，幾乎全是四六對偶的詞句。唐初上官儀則更具體地提出「六對」、「八對」之說，並列舉各種範例。

中國古詩發展至此，句式、聲韻、對偶、章法等等條件，一一俱備。初唐沈佺期與宋之問，進而創作完美的五言律詩，七律繼之，五絕七絕又繼之，近體詩制奠定，正好天才詩人競出，唐詩因之光耀千古！

第二章　古近詩體之區別

中國唐代自唐高祖武德元年（西元六一八年）至唐哀帝天佑七年（西元九一〇年），是中國歷史上政治、經濟、文化皆達到古代的巔峰時期；唐代詩人輩出，他們的詩集是中國文學的瑰寶。搜集唐代詩人詩集最多的當推清代康熙皇帝欽命其翰林院編纂的《全唐詩》，康熙四十五年（西元一七〇六年）完成，總計收錄唐代二八七三位詩人之作品四九四〇三首，分編九〇〇卷詩集，就詩的體制而言，大致可分為古體詩與近體詩兩大類。

古體詩包括五古、七古、樂府、歌行。

近體詩包括絕句（五絕、七絕）與律詩（五律、七律）。絕句兩聯，不須對仗。律詩首尾兩聯，不須對仗；中間兩聯，則必須對仗。（如中間超過兩聯者，稱為排律。）

「古」是與「近」相對（「近」指唐代），近體詩是指合乎唐初奠定的平仄與押韻規則的詩。

在唐代之前，這些平仄與押韻的規則，沒有完全奠定，因此所有的詩都是古體詩。唐代仍有人作不合此等規則的古體詩，唐代最偉大的詩人李白與杜甫等，兼擅各體，他們除作近體詩（絕句與律詩）外，也作了很多很好的古體詩，如李白的〈蜀道難〉、〈將進酒〉、〈古風〉，杜甫的〈兵車行〉、〈麗人行〉、「三吏」、「三別」等，都是膾炙人口的名篇。

古體詩與近體詩是「涇渭分明」的，其中的分別，可從形式與實質兩方面來說：

就表面的形式上而言，最顯明的是近體詩中每首詩的句數有限制。近體詩有絕句與律詩兩種，絕句每首四句，律詩每首八句（排律則八句以上）。

再者，詩意的表達最好的是五言或七言，五言絕句（簡稱五絕）或五言律詩（簡稱五律），每句皆五言，也就是說每句是用五個漢字構成。七言絕句（簡稱七絕）或七言律詩（簡稱七律），每句皆七言，也就是說每句是用七個漢字構成。

在長度上，絕句正好是律詩之半，所以絕句又被稱為「截律」，意謂絕句是律詩之半截。故每首近體詩的總字數，五絕二十字，五律四十字；七絕二十八字，七律五十六字。

古體詩則每篇的句數無限制，每句詩的字數也無限制，故而每首詩的總字數也沒有限制，所以有人稱之為「自由詩」。例如陳子昂〈登幽州臺歌〉只四句，共二十二字。杜甫〈北征〉詩長達一百四十句，有七百字。李白〈廬山謠寄盧侍御虛舟〉開端四句是五言，繼之十五句七言，以後又夾入二句五言，結尾八句七言。皆是有名的古詩。

就內容的實質上而言，近體詩講究聲調的平仄，有特定的格式。平仄不調，謂之「失對」或「失黏」；古體詩的平仄則沒有規定。近體詩忌犯「孤平」、「孤仄」、「平三連」等毛病，而唐代有些詩人在創作時，有時卻故意地在詩句中犯此等毛病，以顯示其詩之「高古」。

其次，在實質上，近體詩講究押韻。唐代孫緬根據「切韻」，制定了「唐韻」，將漢字按照讀音分別列入若干韻部。近體詩每首詩每聯的下句必須在同一韻部，如有不在同一韻部者，稱為「失韻」，是絕對不許可的。

古體詩的押韻則無此講究。但詩畢竟不是散文，古詩當然也有韻。不過，唐代以前尚無韻書，古詩的押韻，完全依照口語。在官定的韻書之後，古詩在押韻方面，仍然比較寬鬆。相鄰的韻部，可以混用，如一東與二冬，二蕭、三肴與四豪，六語與七麌，二十四敬與二十五徑，三覺與十藥等均可通押。

尤有進者，近體詩每首一韻，每篇必須一韻到底。古體詩每首不限只用一韻，篇中可以換韻。古體長詩中，二句，四句，八句後可轉換其他韻部。尤其是在詩的情節有轉變的時候，韻隨情轉，反而強化情節語意的轉變。這在長篇古詩中尤為顯著。例如杜甫〈丹青引贈曹將軍霸〉詩中，詩韻每八句一轉，全篇四十句轉韻五次。岑參〈走馬川行奉送封大夫出師西征〉，句句押韻，每三句一轉，尤為奇特。

綜上所述，可見近體詩與古體詩之區別。近體詩不僅在形式上，顯然有句數與字數的限制，不若古體詩之自由；在實質上，其對聲韻的要求，也較嚴格，不若古體詩之寬鬆。

本書的主題是唐詩的欣賞與創作，首先便需說明唐詩聲韻的規格。其所謂唐詩，是專就唐代近體詩的絕句與律詩而言。以下就說明其聲韻的兩大特徵：聲調的平仄與句尾的押韻。

第三章 唐詩之聲調

一、四聲與平仄

「聲調」之「聲」，指四聲。南北朝時，南齊永明年間，周顒發現漢語有平、上、去、入四聲。事實上，漢語之有四聲，是本來就有的，只是他首先發現而指出來而已。猶如地心之有吸力，本就如此，只是沒有人提出，直至牛頓看見蘋果從樹上落下而發現地心吸力。所謂漢語之有四聲，質言之：平聲就是調值與平字相當的聲調；上聲就是調值與上（音ㄕㄤˇ）字相當的聲調；去聲就是調值與去字相當的聲調；入聲就是調值與入字相當的聲調。

同時期，沈約著《四聲譜》，《梁書・沈約傳》云：

約撰《四聲譜》，以為在昔詞人累千載而不悟，而獨得胸襟，窮其妙旨，自謂入神之作。高祖（梁武帝）雅不好焉。問周舍曰：「何謂四聲？」舍曰：「天子聖哲是也。」

「天子聖哲」四字，恰好是平上去入四聲。「王道正直」也是同樣的例子，「東董凍得」亦然。對於不諳四聲的人，可讀《學詩入門》（中華書局）中的《四聲表》；或者《康熙字典》卷首的《等韻切音指南》中，讀些「巴把霸八」、「庚梗更格」等字來練習，久而久之，自然對於每個字可順口溜出四聲的。

漢語中之有四聲，是一種自然現象。古人分別四聲，有一口訣：

平聲平道莫低昂，
上聲高呼猛烈強，
去聲分明哀遠道，
入聲短促急收藏。

首句謂平聲當平讀之，其尾聲可以延長而一無低昂。次句謂上聲當提高呼之，無尾聲而猛力向上。第三句謂去聲不平而曲，雖有尾聲，但哀遠而短。第四句謂入聲短促而急於收藏，故一讀便歇，而絕無尾聲。

所以，在讀法上：平聲隨口平讀；上聲向上高讀；去聲向下重讀；入聲向直急讀。

在發音上：平聲和平，上聲響亮，去聲哀遠，入聲木實。

在尾音上：平聲尾音長，去聲尾音短，上入二聲，俱無尾音。

在平聲詩韻中，又有上平下平之分，即陰平陽平之別。今日國語，依北京音而無入聲。其餘音調的讀法：陰平高而平，始終如一；陽平先低後高，低暫高久。上聲先低後高，低久高暫。去聲先高後低，音向下落。

以上關於漢字的四聲，已經說得很多，對於懂得四聲的人，似無必要。對於完全不諳四聲的人，也許覺得太複雜了。現在姑舉平聲三十韻中之字，下各綴以上去入三聲字，為初學辨四聲法之例如下：

韻	平	上	去	入		平	上	去	入
一東韻	東	董	凍	篤		弓	拱	貢	谷
二冬韻	鍾	腫	種	祝		容	擁	用	郁
三江韻	江	講	絳	覺		雙	爽	喪	叔
四支韻	支	紙	置	質		眉	美	妹	墨
五微韻	微	尾	未	佛		非	匪	廢	拂
六魚韻	魚	語	御	月		車	舉	句	厥
七虞韻	儒	豎	樹	日		蘆	魯	路	洛
八齊韻	溪	起	氣	乞		淒	且	趣	七
九佳韻	佳	解	戒	甲		排	罷	敗	拔
十灰韻	臺	待	代	特		栽	宰	再	則
十一真韻	真	軫	震	職		申	審	聖	設
十二文韻	文	吻	問	物		分	粉	糞	拂
十三元韻	元	軟	願	月		孫	損	舜	說
十四寒韻	寒	旱	汗	合		端	短	斷	掇
十五刪韻	刪	潸	散	瑟		還	緩	換	獲

以上是上平聲之十五部。

以下是十五部下平聲：

	平	上	去	入	平	上	去	入
一先韻	先	選	線	息	煙	衍	嘸	邑
二蕭韻	蕭	小	笑	屑	囂	曉	孝	歇
三肴韻	交	絞	教	角	匏	抱	暴	日
四豪韻	高	杲	告	革	蒿	好	耗	黑
五歌韻	歌	古	過	骨	波	譜	布	不
六麻韻	麻	馬	罵	木	巴	把	霸	剝
七陽韻	央	癢	樣	逸	良	兩	量	立
八庚韻	兵	丙	柄	必	名	敏	命	滅
九青韻	晶	井	進	即	玲	嶺	令	栗
十蒸韻	蒸	軫	正	職	登	等	凳	得
十一尤韻	尤	有	宥	葉	周	走	奏	貴
十二侵韻	金	緊	禁	吉	心	伈	信	息
十三覃韻	覃	斷	段	突	三	閃	散	皶
十四鹽韻	占	斬	戰	折	籤	淺	倩	輯
十五咸韻	咸	餤	豔	亦	凡	犯	梵	伐

上列二四〇字，其中最上一格的六〇字為平聲，其餘一八〇字為上去入聲，皆從各平韻中之平聲字推出，初學者辨之又辨，則於四聲之讀，自能無訛。

四聲中平聲字最多，便獨立一類，稱為「平聲」；上、去、入聲字不多，便合為一類，稱為「仄聲」。如果能分別四聲的話，平仄聲自然可以區分。

中國自南北朝以降，詩文作家重視字音的抑揚高低之調配，因之也就特別留心四聲的運用。因為追求整齊勻稱的美，唐代近體詩特別講求平仄協調，寓變化於整齊之中，每首詩的平仄，都須合乎一定的規則。

二、平仄之規則

在未說明近體詩的平仄規則之前，首先必須說明近體詩的構造。近體詩按句數而言，分為絕句與律詩兩大類。絕句每首兩聯四句，律詩每首四聯八句。按句中之字數而言，每類詩都有五言七言之分。絕句每句五言或七言，律詩亦每句五言或七言。

無論絕句或律詩，每聯有上下兩句，上句又稱出句，下句又稱對句。

近體詩的平仄規則上，舊說有所謂「一三五不論，二四六分明」。這粗淺的歌訣，是就七言詩而言。應用到五言詩時，當然是「一三不論，二四分明」。

至於近體詩的平仄，最重要的是有「對」與「黏」的兩大規則：

所謂「對」者，意謂「相對」。近體詩中，無論是絕句或律詩，五言或七言，每聯兩句，每聯中上句（出句）與下句（對句）的平仄必須相反。如果上句中每個字與下句中同等位置的字，平仄完全相反，當然最好；否則至少在五言中的第二、第四兩字必須相反。七言中的第二、第四、第六三字必須相反，這就是所謂「二四六分明」。當然，這是就首聯不押韻的詩句而言。

如果，一首詩的首句押韻的話，五言詩句的出句與對句中的第三字與第五字，聲調必須相同，當然不可能相反。但是，出句與對句中的第二、第四兩字，仍須相反。

七言詩句是五言詩句之上加兩字。所以在首聯押韻的詩中，七言詩出句與對句，第五、第七兩字的聲調相同；但第四、第六兩字，仍必須相反。

違反以上所說「對」的規則的詩句，稱為「失對」。是近體詩所禁忌的。

舊說「一三五不論」，每聯上句的第一字因距聯尾最遠，聲調上重要性較差，可以活用，故而可平可仄。唯一的例外，那就是在「平平仄仄平」句中，第一字的平聲，不能活用。因為如果這句中的第一個平聲字換成仄聲，那麼，這句子除句尾外，句中只有一個平聲字，犯了所謂「孤平」的毛病。這點留待論到近體詩的變格拗句時再說。

五言詩句首加兩字，便成七言詩句。既然五言詩之第一字，除去「平平仄仄平」句外，皆可活用，所以七言詩之第三字皆可活用；唯一的例外是「仄仄平平仄仄平」句子中，第三字的平聲，不可活用，這是源於五言句「平平仄仄平」中的第一字不能活用而來。

至於五言詩句的第三字，或七言詩句的第五字，是腹節上的字，常是詩的著力處，此等字稱之為「詩眼」，特別重要，故而以依照平仄的格式為正當。不依照平仄格式的為變格。

當然，近體詩的詩句，亦偶有著力在第一、第二，或第四、第六字者。那是少數，且是虛字或輕靈的字，目的在使句子全部活動。

所謂「黏」者，意謂連結。在「黏」的規則下，近體詩每聯中下句的平仄，必須與緊接的下一聯上句的平仄相同。這所謂「相同」，並非「逐字相同」，而是五言詩中上聯下句的第二、第四兩字，必須與下一聯上句的第二、第四兩字平仄相同。

七言詩中，則是上聯下句的第二、第四、第六三字，必須與下聯上句的第二、第四、第六三字的平仄相同。

近體詩如詩句不合「黏」的規則者，稱為「失黏」。

近體詩通常是不容許「失對」或「失黏」的。但是，在唐詩中有若干膾炙人口的名詩，就不合乎「對」與「黏」的規則。例如孟浩然的〈春曉〉詩：

春眠不覺曉，處處聞啼鳥。夜來風雨聲，花落知多少？

李白的〈靜夜思〉：

床前明月光，疑是地上霜。舉頭望明月，低頭思故鄉。

這兩首都是平聲韻中平起首句押韻式的詩，却都不合乎平起押韻詩的格式。而李商隱的〈登樂遊原〉：

向晚意不適，驅車登古原。夕陽無限好，只是近黃昏。

竟然首句連用五個仄聲字。這些都是鼎鼎大名的大詩人，他們作這些詩時，只是信口信筆，根本沒有顧及對黏等規則。實質上都可說是古詩，後人卻奉之為五絕。他們在九泉之下，也不能發表聲明。

至於唐代大詩人王維的那首七絕〈送元二使安西〉：

渭城朝雨浥輕塵，客舍青青柳色新。勸君更盡一杯酒，西出陽關無故人！

後人又稱之為〈渭城曲〉，不合近體詩的規則，在唐代就極為流行，是首樂府詩，唐人在送別友人時，經常唱這首詩，後來還有「陽關三疊」的唱法。

以上所舉大詩人的這些傑作，不是能用近體詩中「對」「黏」等規則來衡量的。我們不是像他們那樣偉大的詩人，要作近體詩，就須遵守「對」「黏」的規則。

第四章　唐詩之押韻

一、韻書與押韻

詩非散文，所有的詩都有韻。韻是詩最大的特徵，也是詩之所以廣為流傳的原因。

本來詩的韻只是依據流行的口語。隋朝統一中國後，集合全國音韻學者們，在當代官話的通語基礎上，兼顧南北方言，參照傳統典籍中章句訓詁書文語言之讀法，合著「切韻」，將漢字納入二〇六韻中。唐代天寶年間，孫緬增補「切韻」，刊定「唐韻」。唐詩即採用「唐韻」，作為詩韻的標準。此「切韻」與「唐韻」，現在均已散失。

宋代平水人劉淵編纂「平水韻」。明代洪武年間敕命樂韶鳳等編修「洪武正韻」。清代科舉有「試帖詩」項目，為適應需要，本於「平水韻」，參考「洪武正韻」，敕修「佩文詩韻」，就是現今通行的詩韻。現代坊間出版的「詩韻大全」、「詩韻合璧」、「韻海大全」等韻書，皆依據之。

現代詩韻的內容，依字母為同韻的字，分為上平、下平、上、去、入五類。五類之中，又各分作若干項目，而以其中的一個字作標題，例如「東」韻內皆是和「東」字同韻的字，以「東」字為標目。其目次如下：

(一)上平聲一五部：東、冬、江、支、微、魚、虞、齊、佳、灰、真、文、元、寒、刪。

(二)下平聲一五部：先、蕭、肴、豪、歌、麻、陽、庚、青、蒸、尤、侵、覃、鹽、咸。

(三)上聲二四部：董、腫、講、紙、尾、語、麌、薺、蟹、賄、軫、吻、阮、旱、潸、銑、篠、巧、皓、哿、馬、養、梗、迥、有、寢、感、儉、豏。

(四)去聲三〇部：送、宋、絳、寘、未、御、遇、霽、泰、卦、隊、震、問、願、翰、諫、霰、嘯、效、號、箇、禡、漾、敬、徑、宥、沁、勘、豔、陷。

(五)入聲一七部：屋、沃、覺、質、物、月、曷、黠、屑、藥、陌、錫、職、緝、合、葉、洽。

合計五大類，一〇六部，每部中的字數多少不定。如平聲的東、支、陽、先等部，韻字很多，支部之字最多，達二〇八字，陽部一六八字，先部一五一字，東部八八字。上聲蟹、吻、巧等部僅一四字，最少的是上聲的講部，只有五個字。去聲勘部一二字，絳部只六字。入聲黠部二〇字。（參見書末附錄：〈詩韻簡易錄〉）

詩的押韻，就是把韻部相同的字，放在句尾。這句尾叫做韻腳，韻腳是便於朗誦的必須條件。韻腳使詩像音樂一樣地容易朗朗上口，使詩如音樂般的傳之久遠。

所有近體詩，每首的對句（即詩篇中每聯的下句）必須押韻。也就是各首詩中，所有對句的句尾，必須用同一韻部的字，否則，稱為「失韻」或「落韻」。近體詩是不容許「失韻」的。

二、擇韻與和韻

為著合乎押韻的要求，詩人在作詩時，首先要擇韻，即選擇適當韻部裡的字作詩的韻腳。近體詩絕大多數是平聲韻，因為在平聲中，各個韻部包含的字數多，容易選擇韻腳。近體詩中用仄聲韻的詩很少，也是緣於能選作韻腳的字少。譬如上聲的講部，去聲的絳部，部內只有五、六個字，可作韻腳的範疇太狹小了，如何可用以作詩？

周濟〈宋四家詞選敘論〉：「東、真韻寬平，支、先韻細膩，魚、歌韻纏綿，蕭、尤韻感慨。」他的這些提示，雖然是指詞，對詩也適用。

在作詩時，如果能自行選韻的話，除避免仄聲韻，選用平聲韻外，在平聲韻上平下平的三十部中，最好選寬韻，如四支七陽之類；避免險韻，如十三覃十五咸等字數既少、而僻字又多的韻。雖然古代如韓愈等有用險韻出奇制勝者，以詩題與詩人之才情而定，最重要者，韻腳必須工穩妥帖。

古代詩人往來之間，有酬答之作，從唐代始，作詩有「和韻」的手法。「和韻」又稱「步韻」，是依照他人來詩的韻腳而作詩。本來，詩人間有詩往來，可以「和意」，不一定要「和韻」，不過，有的詩人為逞其才華，依據來詩而作和詩和韻以答之。

「和韻」有「依韻」與「次韻」兩種：「依韻」是每聯中的下句與來詩用同一個字。「次韻」較活動些；雖與來詩的韻腳相同，但不一定在同一聯下。作這類詩的人，一定有非常的才氣，否則勉強用同一韻腳，常不免要湊韻。鄙意認為作詩以性靈為要；「和韻」的把戲，不必勉強為之，以免「畫虎不成反類犬」之譏。

三、湊韻、重韻、同義字、倒韻、僻韻、啞韻等過失

作詩押韻時，有若干過失必須避免：

㈠湊韻：湊韻者，謂所押之字，與全句意義不甚關合，勉強湊成者也。作者為著合乎押韻的要求，勉強在韻部內找一個同韻的字來湊合，常常辭不達意，弄得驢頭不對馬嘴。須知作詩如作文，每一個字必須適合語意。韻腳的字，必須是語意上之所需，看來非常自然才好。

㈡重韻：重韻者，一字兩義而兼用之也。如既押更鼓之更，又押更改之更。既押山陵之陵，又押侵陵之陵是也。

進一步言，在形式上雖同在一韻之內，又聲音不類者，亦不宜用。如四支中之知時與規為，一先中之天前與傳然，如兼用之，雖非失韻，但讀起來似乎不叶，故以不夾雜兼用為妥。

㈢同義字：同樣的道理，在同一韻部內，同義之字亦不宜用。如六麻韻部內之花葩，七陽韻部內之芳香，十一真韻中之人民，十一尤韻中之憂愁等，若並押之，不免意義重複之嫌矣。

㈣倒韻：倒韻者，如因韻腳須用前字，將一語彙的前後倒為後前，譬如因韻腳須用黃字，將「黃白」倒為「白黃」等是。然此猶可通，倘強不可倒者而倒之，則不通之病，較湊韻尤甚。例如白居易之〈望月有感寄諸兄及弟妹〉詩中「弟兄羈旅各西東」，為符合平仄與押韻的要求，將常用的兄弟與東西二個語彙，顛倒為弟兄與西東，這樣做並無不可；但詩文中，卻從未見有姊妹倒為妹姊，父母倒為母父，南北倒為北南，內外倒為外內者。

㈤僻韻：僻韻者，韻中生僻之字，音義皆不普通，押之易使讀者迷誤者也。文字的功用，在表情達意，作文以明白曉暢為主，何況作詩？

㈥啞韻：啞韻者，聲音不響之字也。袁枚《隨園詩話》云：「欲作佳詩，先選好韻。凡其音涉啞滯者、晦僻者，便宜棄捨。葩，即花也，而葩字不亮。芳，即香也，而芳字不響，以此類推，不一而足。」

四、引韻與鄰韻

近體詩的絕句與律詩中，詩的首句押韻者，稱為「引韻」，意謂這首句的句尾所用的韻，引導全詩皆用其韻。也就是說，全詩的詩韻，由首句定奪之。全詩各聯下句的句尾，都叶這首句的韻腳。

這些首句押韻的詩，如果首句的韻腳與詩中所有其餘各聯下句的韻腳，都在同一韻部內，固然最理想。否則，亦可通融些，用鄰韻代替。因此，這些首句押韻的，又稱「襯韻」，意謂這首句的韻，是襯托全詩的韻。

何謂「鄰韻」？「鄰韻」是讀來聲音很接近的韻。其例子於第二章「古近詩體之區別」中已說明，茲舉絕句律詩各一例如下：

絕句如張籍之〈秋思〉：

洛陽城裡見秋風，欲作家書意萬重。
復恐匆匆說不盡，行人臨發又開封。

此詩中之「重」、「封」押平聲「冬」韻，首句句尾之「風」字，押平聲之「東」韻。

律詩如韓偓之〈安貧〉：

手風慵展八行書，眼暗休尋九局圖。
窗裡日光飛野馬，案頭筠管長蒲盧。

謀身拙為安蛇足，報國危曾捋虎鬚。
滿世可能無默識，未知誰擬試齊竽？

此詩平起，首句句尾的「書」字引「魚」韻，全篇是押「虞」韻。

以上皆是用「鄰韻」作「襯韻」之顯例。

不論「引韻」或「襯韻」，在近體詩格式中，皆認為是首句押韻的詩。注意，這種用鄰韻以代本韻，以「襯韻」為限，也就是說只有在詩的首句可如此作，如在其他聯中用之，則仍認為是失韻，如一東韻中忽押二冬韻是也。

五、唐韻與多音字

於此，附帶提出兩點有關詩韻之知識：

其一，是在朗誦唐詩中，有時發覺若干詩朗誦起來，很不順口，以為這些詩「失韻」。其實，那些不順口的唐詩，作於唐代，依據的是「唐韻」，有的字讀音與現在不同。

其二，是中國有許多字，因字意不同，可分隸於多種韻目之下。例如「惡」字，作善惡的惡解，讀作ㄜˋ，屬於入聲藥韻。作討厭解，讀作ㄨˋ，屬於去聲遇韻。作何字解，則屬於平聲虞韻ㄨ。又如「重」字，作輕重的重字解，讀作ㄓㄨㄥˋ，屬於上聲腫韻。作重複的重解，讀作ㄔㄨㄥˊ，屬於平聲之冬韻。作珍重的重解，屬於去聲的宋韻。此類字甚多，不勝枚舉。

六、雙聲與疊韻

本書說明唐詩之聲韻，不能不提到「雙聲」、「疊韻」。傳統的漢字，將字音的前一半稱為聲或聲母，後一半稱為韻或韻母。近體詩為著增加其音樂美，句中常運用「雙聲」、「疊韻」。

所謂「雙聲」，是兩個字的發音相同，也就是聲母相同。古人所謂的「和」，文字學家說是「一聲之字」。

例如「丁東」二字：「丁」字的國語注音符號是ㄉㄧㄥ，聲母的發音方法是塞爆聲，發音部位是不送氣的ㄉ，西文是D。

「東」字的國語注音符號是ㄉㄨㄥ，聲母的發音方法也是塞爆聲，發音部位也是不送氣的ㄉ，西文是D，所以二字是「雙聲」。

又如「踟躕」二字：「踟」字的國語注音符號是ㄔˊ。「躕」字的國語注音符號是ㄔㄨˊ。兩個字的聲母發音方法都是塞擦聲，發音部位都是送氣的ㄔ，西文是CH，所以二字是「雙聲」。

又如「饑饉」二字：「饑」字的國語注音符號是ㄐㄧ。「饉」字的國語注音符號是ㄐㄧㄣˇ。兩個字的聲母，發音方法都是塞擦聲，發音部位都是不送氣的ㄐ，西文是J，所以二字是「雙聲」。

又如「妻妾」二字：「妻」字的國語注音符號是ㄑㄧ。「妾」字的國語注音符號是ㄑㄧㄝˋ。兩個字的聲母的發音方法，都是塞擦聲，發音部位都是送氣的ㄑ，西文是Q。所以二字是「雙聲」。

又如「親戚」二字：「親」的國語注音符號是ㄑㄧㄣ。「戚」字的國語注音符號是ㄑㄧ。兩個字的發音方法都是塞擦聲，發音部位都是送氣的聲母ㄑ，西文是Q，所以二字是「雙聲」。

又如「參差」二字：「參」字的國語注音符號是ㄘㄣ。「差」字的國語注音符號是ㄘ。兩個字的發音方法都是塞擦聲，發音部位都是送氣的聲母ㄘ，西文是C，所以二字是「雙聲」。

所謂「疊韻」，是兩個收音相同的字，也就是兩個字的韻母相同。古人所謂諧，文字學家說是「音近之字」。

例如「剛強」二字：「剛」字的國語注音符號是ㄍㄤ。「強」字的國語注音符號是ㄑㄧㄤˊ。

兩個字的收音都是開口呼、鼻聲隨的單韻母ㄤ，西文是ANG，二字都是平聲陽韻，所以二字是「疊韻」。

又如「窈窕」二字：「窈」字的國語注音符號是ㄧㄠˇ。「窕」字的國語注音符號是ㄊㄧㄠˇ。二字的收音都是齊齒呼的複韻母ㄧㄠˇ，西文是YAO，二字是上聲篠韻，所以二字是「疊韻」。

又如「貪婪」二字：「貪」字的國語注音符號是ㄊㄢ。「婪」字的國語注音符號是ㄌㄢˊ。二字的收音都是開口呼鼻聲隨的單韻母ㄢ，西文是AN，二字都是平聲覃韻，所以二字是「疊韻」。

又如「崔嵬」二字：「崔」字的國語注音符號是ㄘㄨㄟ。「嵬」字的國語注音符號是ㄨㄟˊ。二字的收音都是合口呼的複韻母ㄨㄟ，西文是WEI，二字都是平聲灰韻，所以二字是「疊韻」。

又如「須臾」二字：「須」字的國語注音符號是ㄒㄩ。「臾」字的國語注音符號是ㄩˊ。二字的收音都是撮口呼的單韻母ㄩ，西文是YU，二字是平聲虞韻，所以二字是「疊韻」。

但是如「經營」：「經」字的國語注音符號是ㄐㄧㄥ。「營」字的國語注音符號是ㄧㄥˊ。兩字都是齊齒呼，鼻聲隨的複韻母ㄧㄥ，西文是YING，兩字都是平聲，雖然在韻書上，「經」字是青韻，「營」字是庚韻，但因是「鄰韻」，所以兩字也被視為「疊韻」。

同樣地如「徘徊」二字：「徘」字的國語注音符號是ㄆㄞˊ。「徊」字的國語注音符號是ㄏㄨㄞˊ。

兩字都是齊齒呼的複韻母ㄞˊ，西文是AI，都是平聲，雖然在韻書上，「徘」字在灰部，「徊」字在佳部（如讀作ㄏㄨˋ則在灰部），灰佳是「鄰韻」，所以二字也被認為是「疊韻」。

南北朝時，雙聲疊韻，非常通行。《南史．謝莊傳》云：

王元謨問：「何謂雙聲？何謂疊韻？」答曰：「懸瓠是雙聲，磝碻是疊韻。」……「行穿詰曲崎嶇路，又聽鈎輈格磔聲。」

末二句的上句雙聲，下句疊韻。其中「詰」和「曲」、「崎」和「嶇」是雙聲關係，「鈎」和「輈」、「格」與「磔」是疊韻關係。

《吟窗雜錄》舉詩句為例云：

「留連千里賓，獨待一年春」，此首雙聲也。「我出崎嶇路，君行蹈磝山」，此腹雙聲也。「野外風蕭索，雲裡日曚曨」，此尾雙聲也。

又如姚合之〈葡萄架〉：

葡萄洞庭頭，引葉漾盈搖。皎潔鈎高掛，玲瓏影落寮。
陰煙壓幽屋，濛密夢冥苗。清秋青且翠，冬到凍都凋。

詩中有的全句五個字聲母都相同，如「葡萄洞庭頭」的聲母都是ㄊ，「引葉漾盈搖」的聲母都是一，「濛密夢冥苗」的聲母都是ㄇ；有的一句中有兩組雙聲字，如「玲瓏」、「落寮」的聲母都是ㄌ；有的一句有兩組聲母，如「皎潔」的聲母都是ㄐ，「鈎高掛」的聲母都是ㄍ。

疊韻詩中，例如陸龜蒙之〈吳宮詞〉二首：

其一

膚愉吳都姝，眷戀便殿宴。逡巡新春人，轉面見戰箭。

其二

紅櫳通東風，翠珥醉易墜。平明兵盈城，棄置遂至地。

此二首咏史詩，嗟嘆吳王荒淫佚樂招致亡國之禍，每句五個字的韻母都相同。一三句用平聲韻，二四句用仄聲韻，都是疊韻詩。

皮日休之〈奉和魯望〉疊韻詩二首：

其一

侵深尋嶔岑，勢厲衛睥睨。荒王將鄉亡，細麗蔽袂逝。

其二

枍栺替製曳，康莊傷荒涼。主虜部伍苦，嬙亡房廊香。

這兩首疊韻詩是他和陸龜蒙所作，主旨類似，詩的每句五字，韻母都相同：一句平聲韻，一句仄聲韻。

唐詩中常用「雙聲」、「疊韻」，譬如杜甫之〈詠懷古跡五首〉之二的詠宋玉宅詩：

搖落深知宋玉悲，風流儒雅亦吾師。
悵望千秋一灑淚，蕭條異代不同時。
江山故宅空文藻，雲雨荒臺豈夢思？
最是楚宮俱泯滅，舟人指點到今疑。

黃永武《中國詩學・鑑賞篇》指出：此詩「悵望」同為去聲漾韻字，為疊韻。「千秋」同為清紐字，是雙聲。「蕭條」同為平聲蕭韻字，為疊韻。「異代」同屬定紐字，亦為雙聲。雙聲疊韻的運用，使聲與情有摹擬作用，有音節美。

關於雙聲疊韻的作用，王國維《人間詞話》云：

疊韻如兩玉相叩，取其鏗鏘；雙聲如貫珠相聯，取其宛轉。詞之蕩漾處，多用疊韻；促節處，多用雙聲，則鏗鏘可誦。

詞固如此，詩亦然。

讀者如細心觀摩，唐詩中有「雙聲」、「疊韻」者甚多，美不勝收。

第五章　唐詩之格式

在適合近體詩的聲韻要求下，所有近體詩都有特定的格式。絕大多數的近體詩，都是用平聲韻的，故而本書首先列舉的近體詩格式，都是平聲韻的，可以說是標準格式。本書在列舉平聲韻的格式後，附帶地也列舉仄聲韻的格式，各個格式之後，並舉詩作例，以便印證。

為解說方便起見，本書在說明格式時，運用數種符號：

○　表示韻腳

（　）表示活用，可平可仄，如：

　(平) 表示本來是平聲，必要時可用仄聲

　(仄) 表示本來是仄聲，必要時可用平聲

↔　表示兩端字的平仄相反，符合「對」的規則

＝　表示兩端字的平仄相同，符合「黏」的規則

在詩例中，有時詩句的字旁，附加「十」「一」符號：

十　表示平聲

一　表示仄聲

近體詩的格式，有「平起」、「仄起」兩大區分。所謂「平起」、「仄起」，本來是根據每首詩的首句開端的第一個字而言；但因有「一三五不論」的說法，近體詩每聯中的第一個字可以活用，可平可仄，故而所謂「平起」、「仄起」，是依照每首詩首句開端的第二個字決定。如果首句開端的第二個字是平聲，則此詩是「平起」，如果是仄聲，則是「仄起」。五絕七絕如此，五律七律也是如此。

近體詩的格式，不論五絕、七絕，或五律、七律，基本上都只有「平起」與「仄起」兩大格式，但因有首句不押韻與押韻的不同，也可說有四大格式。

以下所列舉的格式，都只完整列出首句不押韻的格式。首句押韻者，只是詩的首句與不押韻者不同而已，其餘的句子全同。

一、絕句之格式

五絕

1.1 仄起（首句不押韻）平聲韻式：

（仄）仄平平仄，
平平（仄）仄平⃝。
（平）平平仄仄，
（仄）仄仄平平⃝。

例：王之渙〈登鸛雀樓〉：

白日依山盡，黃河入海流。

（欲）窮千里目，更上一層樓。

白居易〈問劉十九〉：

綠螘新醅酒，紅泥小火爐。

（晚）來天欲雪，能飲一杯無？

1.2 仄起（首句押韻）平聲韻式：首句變成（仄）仄仄平平⃝，其餘三句與上式全同。

例：盧綸〈塞下曲〉：

月黑雁飛高，單于夜遁逃。

（欲）將輕騎逐，大雪滿弓刀。

西鄙人〈哥舒歌〉：

北斗七星高，哥舒夜帶刀。
至今窺牧馬，不敢過臨洮！

2.1 平起（首句不押韻）平聲韻式：

（平）平平仄仄，
（仄）仄平平平⃝。
（仄）仄平平仄，
平平（仄）仄平⃝。

注意：此式與1.1仄起（首句不押韻）平聲韻式全同，不過起（上）結（下）兩聯對調而已。

例：李端〈聽箏〉：

鳴箏金粟柱，素手玉房前。

欲得周郎顧，時時誤拂絃。

王維〈山中送別〉：

山中相送罷，日暮掩柴扉。
春草明年綠，王孫歸不歸？

2.2 平起（首句押韻）平聲韻式：首句變成平平（仄）仄平⃝。其餘三句與上式全同。

例：盧綸〈塞下曲〉：

鷲翎金僕姑，燕尾繡蝥弧。
獨立揚新令，千營共一呼。

王績〈初春〉：

春來日漸長，醉客喜年光。

(稍)覺池塘好，偏宜酒瓮香。

另外，在唐詩中，也有偶用仄聲韻的詩。這些詩大概直接模仿六朝的小詩，稱為古絕句，不在標準的格式規範之內。茲亦姑舉五絕中押仄聲韻的格式如下：

3. 仄起仄聲韻式：

(仄)仄平平仄⃝，(平)平平仄仄⃝。

平平仄⃝仄平，(仄)仄平平仄⃝。

例：仄起（首句不押韻）仄聲韻式，如賈島〈尋隱者不遇〉：

松下問童子，言師採藥去。

只在此山中，雲深不知處。

仄起（首句押韻）仄聲韻式，如韋應物〈同褒子秋齋獨宿〉：

山月皎如燭，風霜時動竹。
夜半鳥驚栖，窗間人獨宿。

4.平起仄聲韻式：

（平）平平仄仄⃝，（仄）仄平平仄⃝。
仄仄仄平平，（平）平平仄仄⃝。

例：平起（首句不押韻）仄聲韻式，如顧況〈憶舊遊〉：

悠悠南國思，夜向江南泊。
楚客斷腸時，月明楓葉落。

平起（首句押韻）仄聲韻式，如柳宗元〈江雪〉：

千山鳥飛絕，萬徑人蹤滅。
孤舟簑笠翁，獨釣寒江雪。

五言詩的讀法，大多是上二下三；在讀開端二字後，稍作頓挫，然後吐出後三字。但如第四字是平聲時，則須曼聲引長，再吐出最後一字。

七絕

就近體詩之格式言，七言詩句是五言詩句之上頭加上兩個與五言詩句首相反的字。例如五言詩首句開端是平平，七言詩便在這平平上加上兩個仄聲字。五言詩首句開端是仄仄，七言詩便在這仄仄上加上兩個平聲字。茲以五絕之仄起不押韻為例：

五絕

□□仄仄平平仄
□□平平仄仄平

□□平平平仄仄
□□仄仄仄平平

七絕

平平仄仄平平仄
仄仄平平仄仄平
仄仄平平平仄仄
平平仄仄仄平平

故而，五絕的仄起式，七絕變成平起式。五絕的平起式，七絕便是仄起式。茲即以五絕格式為基礎，說明七絕格式。

1.1 平起（首句不押韻）平聲韻式：

（平）平←→（仄）仄平平仄，
（仄）仄＝平平仄仄平⃝。
（仄）仄＝（平）平平仄仄，
（平）平←→（仄）仄仄平平⃝。

例：鄭畋〈馬嵬坡〉：

玄宗回馬楊妃死，雲雨難忘日月新。
終是聖明天子事，景陽宮井又何人？

杜甫〈江南逢李龜年〉：

岐王宅裡尋常見，（崔）九堂前幾度聞。
正是江南（好）（風）景，（落）花（時）節又逢君。

1.2平起（首句押韻）平聲韻式：首句變成平平仄仄仄平平，其餘三句與上式全同。

例：杜牧〈贈別〉：

多情卻似總無情，惟覺尊前笑不成。
蠟燭有心還惜別，替人流淚到天明。

李白〈早發白帝城〉：

朝辭白帝彩雲間，(千)里江陵一日還。
兩岸猿聲啼不住，輕舟已過萬重山。

2.1 仄起（首句不押韻）平聲韻式：

(仄)仄(平)平平仄仄，
(平)平(仄)仄仄平平⃝。
(平)平仄仄平平仄，
(仄)仄平平仄仄平⃝。

注意：此式與平起（首句不押韻）平聲韻式相同，不過上下兩聯對調而已。

例：李益〈夜上受降城聞笛〉：

迴樂峰前沙似雪，受降城外月如霜。
不知何處吹蘆管，一夜征人盡望鄉。

杜甫〈絕句四首〉之三：

兩個黃鸝鳴翠柳，一行白鷺上青天。
窗含西嶺千秋雪，門泊東吳萬里船。

2.2仄起（首句押韻）平聲韻式：首句變成仄仄平平仄仄平，其餘三句與上式全同。

例：柳中庸〈征人怨〉：

歲歲金河復玉關，朝朝馬策與刀環。
三春白雪歸青塚，萬里黃河繞黑山。

李白〈贈汪倫〉：

李白乘舟將欲行，忽聞岸上踏歌聲。
桃花潭水深千尺，不及汪倫送我情。

少數詩押仄聲韻，茲亦列其格式如下：

3.仄起（首句押韻）仄聲韻式：

（仄）仄（平）平平仄【仄】，（平）平（仄）仄平平【仄】。
（平）平（仄）仄平平，（仄）仄（平）平平仄【仄】。

例：郎士元〈送別歌〉：

穆陵關上秋雲起，安陸城邊遠行子。
薄暮寒蟬三兩聲，回望故鄉千萬里。

4.平起（首句押韻）仄聲韻式：

(平)平(仄)仄平平仄⃝，(仄)仄(平)平平仄仄⃝。
(仄)仄平平(仄)仄平，(平)平(仄)仄平平仄⃝。

例：(首句不押韻)如岑參〈入關先寄秦中故人〉：

秦山數點似青黛，渭水一條如白練。
京師故人不可見，寄將兩眼看飛雁。

七言詩的讀法有兩種：一為上二下五，於第二字略加頓挫，而後接讀下五字；一為上四下三，於第四字下略加頓挫，而後接讀下三字。大凡平起者，讀法應上二下五；仄起者，讀法應上四下三。

六　絕

唐代絕句幾乎皆是五言或七言，但是也有極少數是六言的。六絕中之最膾炙人口的，當推王維的〈田園樂〉：

桃紅復含宿雨，柳綠更帶朝煙。
花落家僮未掃，鳥啼山客猶眠。

這是他的《輞川集》中〈田園樂〉七首之六。上聯極寫春晨明麗景色，下聯曲盡主僕懶散形態。

其後，少許詩人，亦偶有六絕之作。從《全唐詩》中列出數例如下：

劉長卿〈送陸澧還吳中〉：

瓜步寒潮送客，楊花暮雨沾衣。
故山南望何處？春水連天獨歸。

此詩兼寫送客與思鄉之情，下聯用上四下二句法。

皇甫冉〈問李二司直所居雲山〉：

門外水流何處？天邊樹繞誰家？

山色東西多少？朝朝幾度雲遮？

此詩四句皆問，畫出山居幽絕景色，毋庸置答。

顧況〈歸山〉：

心事數莖白髮，生涯一片青山。
空林有雪相待，古道無人獨還。

此為其晚年歸隱茅山之作，曠達中難掩憤慨之情。

王建〈江南三臺詞〉：

青草湖邊草色，飛猿嶺上猿聲。
萬里三湘客到，有風有雨人行。

此詩假借樂府歌辭之名，曲盡遊子悲情。

近體詩之絕句，以五言七言為主，語言學家認為六言較難適應詩歌中韻律之要求，六絕之聲韻格式，讀者可以玩味以上諸例中得之。

二、律詩之格式

五　律

在形式上，五律是五絕的雙倍。其格式也和五絕一樣，不過重複一次而已。依照每首詩首句的第二字之平聲與仄聲，有平起與仄起兩大區分。加上首句之是否押韻，又有不押韻與押韻的區別，則可說有四種格式。

1.1 仄起（首句不押韻）平聲韻式：

（仄）仄平平仄，

平平（仄）仄平⃝。

（平）平平仄仄，

(仄)		(平)		平		(仄)		(仄)
仄	↔	平	＝	平	↔	仄	＝	仄
仄		平		(仄)		平		仄
平	↔	仄	＝	仄	↔	平	＝	平
ⓟ平。		仄，		ⓟ平。		仄，		ⓟ平。

注意：下四句與上四句全同。

例：沈佺期〈雜詩〉：

聞道黃龍戍，頻年不解兵。
可憐閨裡月，長在漢家營。
少婦今春意，良人昨夜情。
誰能將旗鼓？一為取龍城！

杜甫〈旅夜書懷〉：

細草微風岸，危檣獨夜舟。
星垂平野闊，月湧大江流。
名豈文章著？官應老病休。
飄飄何所似？天地一沙鷗。

1.2 仄起（首句押韻）平聲韻式：首句變成仄仄仄平平，其餘各句與上式俱同。

例：王勃〈送杜少府之蜀州〉：

城闕輔三秦，風煙望五津。
與君離別意，同是宦游人。
海內存知己，天涯若比鄰。
無為在歧路，兒女共沾巾。

杜甫〈月夜憶舍弟〉：

戍鼓斷人行，邊秋一雁聲。
（露）從今夜白，月是故鄉明。
有弟皆分散，無家問死生。
家書長不達，況乃未休兵。

2.1 平起（首句不押韻）平聲韻式：

（平）平平仄仄，
（仄）仄平平㊉。
（仄）仄平平仄，
平平（仄）仄㊉。
（平）平平仄仄，
（仄）仄仄平㊉。
（仄）仄平平仄，
平平（仄）仄㊉。

（第二字：平↔仄＝仄↔平＝平↔仄＝仄↔平）
（第四字：仄↔平＝平↔仄＝仄↔平＝平↔仄）

注意：此式下半四句與上半四句全同。

例：李益〈喜見外弟又別〉：

十年離亂後，長大一相逢。
問姓驚初見，稱名憶舊容。
(別)來滄海事，語罷暮天鐘。
(明)日巴陵道，秋山又幾重？

王維〈山居秋暝〉：

空山新雨後，(天)氣晚來秋。
(明)月松間照，清泉石上流。
(竹)喧歸浣女，(蓮)動下漁舟。
(隨)意春芳歇，王孫自可留。

2.2平起（首句押韻）平聲韻式：首句變成平平仄仄平，其餘各句與上式（首句不押韻）全同。

例：張籍〈沒蕃故人〉：

前年征月支，城下沒全師。
蕃漢斷消息，死生長別離。
無人收蕃帳，歸馬識殘旗。
欲祭疑君在，天涯哭此時。

李商隱〈風雨〉：

淒涼寶劍篇，(羈)泊欲窮年。
(黃)葉仍風雨，青樓自管弦。
新知遭薄俗，舊好隔良緣。
心斷新豐酒，銷愁斗幾千？

五律中也有少數詩用仄聲韻的，如趙彥伯〈奉和九日幸臨渭亭登高應制〉：

重陽玉律應，萬乘金輿出。
風起韻虞弦，雲開吐堯日。
菊花浮聖酒，茱香挂衰質。
欲知恩煦多，順動觀秋實。

七 律

七言句是五言句之上加兩字，所以七律格式與五律相似，不過在五律每句詩的句首，加上兩個與句首的平仄相反之字而已。正因如此，七律每首詩之平起或仄起，正好與五律相反。茲分述之。

1.1 平起（首句不押韻）平聲韻式：

（平）平（仄）仄平平仄，
（仄）仄平平仄仄㊣。

(仄)仄(平)平平仄仄，
(平)平(仄)仄仄平平。
(平)平(仄)仄平平仄，
(仄)仄平平仄仄平。
(仄)仄(平)平平仄仄，
(平)平(仄)仄仄平平。

注意：此式上半四句與下半四句全同。

例：杜甫〈野望〉：

西山白雪三城戍，南浦清江萬里橋。
海內風塵諸弟隔，天涯涕淚一身遙。
惟將遲暮供多病，未有涓埃答聖朝。
跨馬出郊時極目，不堪人事日蕭條。

杜甫〈客至〉：

(舍)南舍北皆春水，但見群鷗日日來。
(花)徑(不)曾緣客掃，蓬門(今)始為君開。
盤餐市遠無兼味，(樽)酒家貧只舊醅。
肯與鄰翁相對飲。(隔)籬(呼)取盡餘杯。

1.2 平起（首句押韻）平聲韻式：首句變成(平)平(仄)仄仄平㊥，其餘各句與上式的不押韻式全同。

例：杜甫〈江村〉：

清江一曲抱村流，長夏江村事事幽。
自去自來堂上燕，(相)親相近水中鷗。
(老)妻畫紙(為)棋局，稚子敲針作鈎鈎。
但有故人供祿米，微軀此外更何求？

杜甫〈詠懷古跡五首〉之三的〈詠明妃村〉：

群山萬壑赴荊門，生長明妃尚有村。
一去紫臺連朔漠，(獨)留(青)塚向黃昏。
(畫)圖省識春風面，環珮空歸月夜魂。
千載琵琶(作)胡語，分明怨恨曲中論。

2.1 仄起（首句不押韻）平聲韻式：

(仄)仄(平)平平仄仄，
(平)平(仄)仄仄平[平]。
(平)平(仄)仄平平仄，
(仄)仄平平仄仄[平]。
(仄)仄(平)平平仄仄，
(平)平(仄)仄仄平[平]。

（平）平（仄）仄平平仄，

（仄）仄平平仄仄平⃝。

（兩行第二、四、六字以↔相連：平↔仄、仄↔平、平↔仄）

注意：此式上下半四句全同。

例：杜甫〈武侯祠〉：

諸葛大名垂宇宙，宗臣遺像肅清高。
三分割據紆籌策，萬古雲霄一羽毛。
伯仲之間見伊呂，指揮若定失蕭曹。
運移漢祚終難復，志決身殲軍務勞！

杜甫〈閣夜〉：

歲暮陰陽催短景，天涯（霜）雪霽寒宵。
（五）更鼓角聲悲壯，（三）峽星河影動搖。

野哭幾家聞戰伐，夷歌數處起漁樵。
（臥）龍躍馬終黃土，（人）事音書漫寂寥。

2.2 仄起（首句押韻）平聲韻式：首句變成（仄）仄平平（仄）仄平⃝，其餘各句與上式全同。

例：白居易〈望月有感寄諸兄及弟妹〉：

時難年荒世業空，弟兄羈旅各西東。
田園寥落干戈後，骨肉流離道路中。
弔影分為千里雁，辭根散作九秋蓬。
共看（明）月應垂淚，一夜鄉心五處同。

李商隱〈曲江〉：

望斷平時翠輦過，空聞子夜鬼悲歌。
金輿不返傾城色，玉殿猶分下苑波。

死憶華亭聞唳鶴，老憂玉室泣銅駝。
天荒地變心雖折，若比傷春意未多。

從以上的說明中，可見就格式而言，律詩是絕句的重複。平聲韻如此，仄聲韻亦如此，故而其格式在此亦無庸重複。

七律中用仄聲韻的很少，例如高適〈九月九日酬顏少府〉：

檐前白日應可惜，籬下黃花為誰有？
行子迎霜未授衣，主人得錢始沽酒。
蘇秦憔悴時多厭，蔡澤栖遲世看醜。
縱使登高只斷腸，不如獨坐空搔首。

以上列舉近體詩的格式，看來很複雜；其實，極其簡單。歸根結底，近體詩只五絕的四句，不論仄起或平起，只要將一個五絕的四句平仄讀熟即可，因為：

(1)平起或仄起，其一是其二的反復。

⑵律詩是絕句的重複。

⑶七言詩是五言詩句上加兩個與其句首平仄相反的字。

所以，抽絲剝繭，只須主宰五絕中四句的平仄，其他各個格式，皆可順口溜出。如想執筆作詩，遵守對與黏的規則，選擇適當的韻腳便大致不差了。

讀者諸君，偶有靈感，詩興勃發，盍興乎來！

排律

律詩四聯八句。凡是超過此限，而仍沿用律詩規則者，稱之為「排律」。所謂律詩規則，即通首一韻到底；除首尾兩聯外，中間各聯，皆須對偶。至於全篇有多少聯，並無上限。唐代「以詩取士」之科舉制度，進士所考試者，即是五言排律。中國古代文官考試，試題用六聯十二句形式的排律，一直沿用到清代。文人競賽才華，盡量拉長篇幅，理論上可能將一韻部所有之字押完為止。這種極力湊字數、以多爭勝之詩，當然難得寫好，事實上不可能有佳作。

排律多用五言，七言者極少。本書限於說明近體詩中的絕句與律詩，排律只點到如此。茲附錄五言排律兩首，聊示律詩中有此一類，略供讀者一閱。

省試湘靈鼓瑟　錢起

善鼓雲和瑟，常聞帝子靈。馮夷徒自舞，楚客不堪聽。
若調淒金石，清音入杳冥。蒼梧來怨慕，白芷動芳馨。
流水傳湘浦，悲風過洞庭。曲終人不見，江上數峰青。

按：試題「湘靈鼓瑟」，是一美麗的神話故事。詩人首聯出句突現「鼓瑟」，對句點出「湘靈」，用駢對將兩者結合成整體，很巧妙地破題。篇末「曲終人不見，江上數峰青」，從縹緲仙樂中回復到現實，並且遠返「湘靈」本題，瀟灑空靈！故而被公認為五言排律中之傑作，可說是試帖詩中僅有的神品！

山中問月　白居易

為問長安月，誰教不暫離？昔隨飛蓋處，今照入山時。
借助秋懷曠，留連夜臥遲。如歸舊鄉國，似對好親知。
松下行為伴，溪頭坐有期。千巖將萬壑，無處不相隨。

此詩首聯破題，以詰問語開端，領起全篇。不說天上月，而硬說「長安月」，特舉出「長安」二字，加強個人的感受。第二聯寫時地今昔之相隨。第三聯寫詩人之欣賞月。第四聯寫詩人與月親近之情。最後兩聯結出人在山中，月之相隨，呼應首聯之不暫離。全篇情景並融！

第六章　變格與拗救

上章所述近體詩的格式，皆是「正格」。詩句中的平仄，不合乎這些「正格」者，乃是「變格」。凡是不合「正格」的詩句，稱為「拗句」。

「變格」之發生，大多數情況下，是詩人要用若干語彙。而這些語彙，嵌入詩句中時，卻不合乎平仄的規則。迫不得已，不能不變通一下。少數情況下，詩人在板滯的平仄規則中，要句法靈活，筆力轉強，故意地運用拗句，構成「變格」。本章就說明詩中的「變格」、「拗句」，以及補救之道。

本章所說明的「變格」，是就五言詩句而言。七言詩是五言詩句上加兩個與句首聲調相反的字，所以對於七言詩也可適用。

一、雙平拗句

五言詩出句「平平平仄仄」的句子（句尾仄仄腳），如果句中的第三、第四兩字對調，變成「平平仄平仄」，則句中的第二、第四兩字，皆是平聲，稱為「雙平拗句」。本來，根據舊說「一三五不論」的說法，詩句中的第一字可以活用的；但在這種情況下，這出句的第一字不能活用，必須用平聲。例如：

宋之問〈題大庾嶺〉：

＋＋－＋－　－－＋＋－
明朝望鄉處，應見隴頭梅。

張九齡〈望月懷遠〉：

＋＋－＋－　－－－＋＋
情人怨遙夜，竟夕起相思。

杜甫〈月夜〉詩之頷聯與尾聯：

＋＋－＋－　－－－＋＋
遙憐小兒女，未解憶長安。
＋＋－＋－　－－－＋＋
何時倚虛幌，雙照淚痕乾。

此種改變，一聯中的出句與對句之倒數第二字皆是平聲，不合乎近體詩「對」的規則，稱為「拗句」。

對於這種「拗句」，句中的第一字必須用平聲，是在本句內補救，稱之為「單拗」。

七言詩是五言詩之上加兩字，「雙平拗句」之例，如杜甫〈詠懷古跡五首〉之三的〈詠明妃村〉：

－－＋＋－＋－　＋＋－－－＋＋
千載琵琶作胡語，分明怨恨曲中論。

二、雙仄拗句

五言詩句中，第二、第四兩字皆是仄聲字，稱為「雙仄拗句」。這種現象很多，茲列舉之：

1. 仄仄仄仄仄（全句皆仄）

李商隱〈登樂遊原〉：

－－－－－　＋＋＋－＋
向晚意不適，驅車登古原。

杜牧〈江南春〉：

＋＋－－－－－　＋－＋＋＋－＋
南朝四百八十寺，多少樓臺煙雨中。

2. 平仄仄仄仄（出對兩句的第四字皆仄聲）

孟浩然〈與諸子登峴山〉：

＋－－－－　－＋＋－＋
人事有代謝，往來成古今。

3.仄仄平仄仄（出對兩句的第四字皆仄聲）

白居易〈草〉：

− − + − −　+ + + − +

野火燒不盡，春風吹又生。

崔顥〈黃鶴樓〉：

㈠+ + − + − −　− − + + + − +

昔人已乘黃鶴去，此地空餘黃鶴樓。

4.平仄平仄仄（出對兩句的第三字皆平聲）

王維〈歸嵩山作〉：

+ − + − −　− + + − +

流水如有意，暮禽相與還。

在出句「雙仄拗句」時，對句的第三字必須用平聲以補救之。七言詩則在出句的第四、第六兩字仄聲時，對句的第五字必須用平聲以補救之，如杜牧的〈江南春〉詩：

千里鶯啼綠映紅，水村山郭酒旗風。
＋＋－－－－－　㊉－＋＋＋－＋
南朝四百八十寺，多少樓臺煙雨中。

這種出句「雙仄」的拗句，對句補救，又稱「雙拗」。

三、孤平拗救

從字面上看，「孤平」就是「孤單的平聲」。廣義地說，詩句中只有一個平聲字的，都可說是「孤平」。清代李汝襄《廣聲調譜》指出「孤單的平聲」詩句：

1. 仄平仄仄仄

如孟浩然〈贈道士參寥〉：

－＋－－－
蜀琴久不弄，玉匣細塵生。

韓愈〈獨酌〉：

－＋－－－
露排四岸草，風約半池萍。

2. 仄仄仄平仄

王維〈輞川閑居贈裴秀才迪〉：

－－－＋－
復值接輿醉，狂歌五柳前。

李白〈送友人〉：

－－－＋－
此地一為別，孤蓬萬里征。

但這「仄仄仄平仄」的出句，可用對句中第三字的平聲來補救。

如孟浩然〈早寒江上有懷〉：

－－－＋－　㈠＋＋－＋
木落雁南渡，北風江上寒。

杜甫〈天末懷李白〉：

－－－＋－　＋＋＋－＋
鴻雁幾時到？江湖秋水多。

七言詩如韋應物〈滁州西澗〉：

＋＋－－－＋－　－－＋＋＋－＋
春潮帶雨晚來急，野渡無人舟自橫。

3. 仄仄平仄仄

如宋之問〈送杜審言〉：

－－＋－－
臥病人事絕，嗟君萬里行。

但這「仄仄平仄仄」的句中的第二、第四兩字，都是仄聲。也可說是「雙仄拗句」，可用對句的第三字平聲來補救。如白居易〈草〉：

野火燒不盡，春風吹又生。

不過這些不押韻的單句裡，平聲為仄聲字所夾，都不認為是「孤平」的。

狹義的「孤平」，只有五言詩對句「平平仄仄平」的句子（句尾仄平腳），寫成「仄平仄仄平」，才是「孤平」。因為這句中除句尾平聲外，句中只有一個平聲字。清代王世禎《律詩定體》稱「仄平仄仄平」為「孤平」。李汝襄《廣聲調譜》也認為「仄平仄仄平」是「孤平」。不過他將這「孤平」更引申到七言詩句的「仄仄仄平仄仄平」和「平仄仄平仄仄平」上，王力《漢語詩律學》，便以「仄平仄仄平」，「仄仄仄平仄仄平」和「平仄仄平仄仄平」為「犯孤平」。所以現在所說的「孤平」，只限於「末第四字」的孤單的平聲。近體詩是不容許「犯孤平」的。

在上章五絕的格式中，已經提到出句「平平仄仄平」的句子，寫成「仄平仄仄平」，為避免「孤平」的毛病，句中的第一字必須用平聲，不能活用。

如果對句「平平仄仄平」，第一字非用仄聲不可的話，則句中的第三字，必須用平聲以補救之，成為「仄平平仄平」。這種補救，稱之為「孤平拗救」。例如李白〈夜泊山寺〉：

－－＋＋－　－＋＋－＋
不敢高聲語，恐驚天上人。

對句中的第一字「恐」字是仄聲，用句中第三字「天」字補救之。

七言詩「仄仄平平仄仄平」的對句，變成「仄仄仄平平仄平」。例如賀知章〈回鄉偶書〉：

＋＋－－－－－　－－－＋＋－＋
兒童相見不相識，笑問客從何處來？

對句中的第三字「客」字是仄聲，用句中的第五字「何」字來補救。

第七章　唐詩中之對偶

一、對偶之形成

近體詩中，有對偶的句法。絕句中偶爾用之；律詩則規定其中間兩聯，必須對偶。

對偶又稱對仗。在修辭上，是將字數相同而又屬於同一詞類或概念的詞並列起來，造成整齊之美。其一般的規則，是名詞對名詞，動詞對動詞，形容詞對形容詞，虛詞對虛詞等等。因為漢語單音詞比較多，即使是複音詞，其中的詞素也有獨立性，容易造成對偶。對偶是漢語的一種修辭手段。

對偶的詩句在《詩經》中即已有之。魏曹植以後的詩人們，有意識地運用此種修辭手段；南北朝時齊、梁、陳三代遂更加普遍運用。南北朝時流行的駢儷文體，幾乎盡是四六對偶。

對於對偶句之創造，具體示範最多者，應推初唐的宮廷詩人上官儀。他有「六對」、「八對」之說。《詩苑類格》載：

唐上官儀曰：「詩有六對：一曰正名對，天地日月是也。二曰同類對，花葉草芽是也。三曰連珠對，蕭蕭赫赫是也。四曰雙聲對，黃槐綠柳是也。五曰疊韻對，徬徨放曠是也。六曰雙擬對，春樹秋池是也。」

又曰：「詩有八對：一曰正名對，送酒東南去，迎琴西北來是也。二曰異類對，風織池間樹，蟲穿草上文是也。三曰雙聲對，秋露香佳菊，春風馥麗蘭是也。四曰疊韻對，放蕩千般意，遷延一介心是也。五曰聯綿對，殘河若帶，初月如眉是也。六曰雙擬對，議月眉欺月，論花頰勝花是也。七曰回文對，情新因意得，意得逐情新是也。八曰隔句對，相思復相憶，夜夜淚沾衣；空歎復空泣，朝朝君未歸是也。」

對偶精工者，即同為某種詞，必以類相從，例如春風對夏雨（春夏同為時令類，風雨同為天文類），三山對二水（三二同為靜詞中之數目類，山水同為名詞中之地理類）。對時最基本的條件是平仄必須相反，如春風決不可對夏雲，因風雲二字，俱是平聲，不可相對也。

對仗原係人工，最忌者亦最易犯的弊病是堆砌與做作，故最重要的要訣是對偶必須自然，例如馬戴的〈灞上秋居〉詩中的次聯：「落葉他鄉樹，寒燈獨夜人」，葉與燈不同類，樹與人亦不同類；劉長卿的〈別嚴士元〉詩中腹聯：「日斜江上孤帆影，草綠湖南萬里情」，日斜與草綠全不同類，而孤帆與萬里之對亦不工；然皆為天然佳句，膾炙人口，並不因屬對不工而被批評。如果對仗時字字拘泥，則反不活潑，將味同嚼蠟矣。

二、對偶之實例

近體詩句之對偶，是一聯之中，出句與對句之平仄相反；同等位置上的構辭選字要詞類相同。也就是說：一聯中的上下兩句，必須平仄相反，句型一致。其上下句所表達的語意，相類似而不相同；大多數卻正好相反。

近體詩中的對偶句，俯拾即是。最淺顯的，例如五律中李白〈送友人〉詩之首聯，寫城郊的景色：「青山橫北郭，白水繞東城」。動詞的「橫」、「繞」，皆在句中的第三位置；上二有顏色的山水，「青山」對「白水」；下二指方位的「北郭」與「東城」。

杜甫〈旅夜書懷〉詩是一顯著的例子。首聯寫旅夜的景色：「細草微風岸，危檣獨夜舟」，兩句皆將動詞省略。上句主體是岸，微風吹拂那岸邊的細草。下句主體是舟，一葉豎著高檣的小舟，孤零零地在夜裡停泊著。

此詩的次聯：「星垂平野闊，月湧大江流」，動詞的「垂」與「湧」，各在句中的第二位；句首的「月」對「星」是天文對；句尾的「大江」對「平野」是地理對；而「大」與「平」是形容詞，「江」與「野」是名詞。

此詩腹聯：「名豈文章著？官應老病休」，是句型一致的顯例。動詞賓詞結構的「著名」與「休官」，被顛倒地折開於兩句的首尾，句型完全一致。

另一句型一致最特出的詩例，是錢起的〈谷口書齋寄楊補闕〉詩的次聯：「竹憐新雨後，山愛夕陽時」。兩句的主詞是作者本人，並未道出。「竹」、「山」兩字是賓詞，皆置於句首。「新雨後」形容「竹」，「夕陽時」形容「山」，「憐」與「愛」是動詞，各在句中的第二位置。全聯意謂我「憐」「新雨後」之「竹」，「愛」「夕陽時」之「山」。

在七律詩例中，如杜甫〈登高〉詩之次聯：「無邊落木蕭蕭下，不盡長江滾滾來」，寫高處遙望俯視的景色：上句寫「落木」，下句寫「長江」。長江二字固然是專有名詞，但亦可拆開解作「很長的江」，以與「落木」相對。動詞的「下」與「來」，各在句尾。疊詞「蕭蕭」寫落葉之聲，「滾滾」寫水流之態。「無邊」表示空間，極寫「落木」之廣闊無涯；「不盡」

表示時間，極寫「長江」之源源不息。

又如白居易〈錢塘湖春行〉詩之腹聯：「亂花漸欲迷人眼，淺草才能沒馬蹄」，寫湖濱景色，主詞「淺草」對「亂花」，虛詞「才能」對「漸欲」，動詞賓詞「沒馬蹄」對「迷人眼」。

三、句中自對

對偶詩句中又有所謂「自對」者，是句中自對。例如楊炯之〈從軍行〉詩之頷聯：「牙璋辭鳳闕，鐵騎繞龍城」。兩句構成流暢的對偶，上句言大軍之出發，下句言戰役之展開。而上句中「牙璋」（兵符）對「鳳闕」（朝廷），下句中「鐵騎」與「龍城」，又各自成對。七律中如杜甫〈聞官軍收河南河北〉詩之尾聯：「即從巴峽穿巫峽，便下襄陽向洛陽」，兩句對偶，寫回鄉旅程，一氣直下，予人以轉瞬即達之感，雖對偶而不覺其對偶。而兩句中用四地名，每句中的兩地名，又各自成對，最是上選！

七絕中柳中庸〈征人怨〉：

歲歲金河復玉關，朝朝馬策與刀環。

三春白雪歸青塚，萬里黃河繞黑山。

此詩不僅全部對偶，而且每句中又各自成對，允稱奇絕！

以上三例，是形式上顯然的句中對。另外，還有在形式上雖不同，而句中的語意上自對者，如杜甫〈春望〉詩之首聯：「國破山河在，城春草木深」。兩句對偶，寫長安在陷入安祿山叛軍手中時之情景。這兩句皆是上二下三的句子，每句中的上二與下三的語意相反，在語意上，也可說是句中對。

綜合句中的自對，杜甫之〈野望〉詩有很好的例子，其頷聯「海內風塵諸弟隔，天涯涕淚一身遙」，上句中「風」對「塵」，下句中「涕」對「淚」，已很工整。兩句之間：「天涯」對「海內」，「一身遙」對「諸弟隔」，都很相當。「風塵」是否能對「涕淚」？可不窮究。同樣地，其詩頸聯「惟將遲暮供多病，未有涓埃答聖朝」，句中「遲」與「暮」，「涓」與「埃」相對，也可看作是句中對。

由此觀之，所謂「句中對」，只是對偶句中進一步的對偶，是修辭上的手段。讀者如細心研讀，近體詩中，對偶句中之有句中自對者，到處皆有，俯拾即是。

四、對偶在律詩中之位置

律詩中對偶聯之數目與位置，有以下六種情形：

1.通常律詩之第二與第三兩聯（頷聯與頸聯）對偶。絕大多數的律詩皆如此，可說是典範，例如詠嘆孔子的五七律各一：

五律如唐玄宗〈經魯祭孔子而歎之〉：

夫子何為者？栖栖一代中！
地猶鄹氏邑，宅即魯王宮。
歎鳳嗟身否，傷麟怨道窮。
今看兩楹奠，當與夢時同。

七律如劉滄〈經曲阜城〉：

行經闕里自堪傷，曾嘆東流逝水長。
蘿蔓幾凋荒隴樹，莓苔多處古宮牆。
三千弟子標青史，萬代先生號素王。
蕭索風高洙泗上，秋山明月夜蒼蒼！

2. 律詩中將本該對偶之頷聯移作首聯（將對偶的第二聯移前到第一聯位置），稱之為「偷春格」。

五律中如宋之問〈途中寒食〉：

馬上逢寒食，途中屬暮春。
可憐江浦望，不見洛陽人。
北極懷明主，南溟作逐臣。
故園腸斷處，日夜柳條新。

又如王勃〈送杜少府之任蜀州〉：

城闕輔三秦，風煙望五津。
與君離別意，同是宦游人。
海內存知己，天涯若比鄰。
無為在歧路，兒女共沾巾。

此格在近體詩規格尚未成熟時，詩人偶爾用之。七律中鮮見用此格者。

3.律詩中除第二、第三兩聯，照例對偶外，也有首聯也對偶者。結果全詩四聯中前三聯皆對偶（這種情形限於首聯不押韻的律詩。如果首聯也押韻，那末這聯的上下兩句的平仄，就無法相反了）。這種前三聯對偶的律詩很多，五律中如前節對偶句例中之杜甫〈旅夜書懷〉：

細草微風岸，危檣獨夜舟。
星垂平野闊，月湧大江流。
名豈文章著？官應老病休。
飄飄何所似？天地一沙鷗。

又如錢起〈谷口書齋寄楊補闕〉：

泉壑帶茅茨，雲霞生薜帷。
竹憐新雨後，山愛夕陽時。
閒鷺棲常早，秋花落更遲。
家僮掃蘿徑，昨與故人期。

七律中如杜甫〈野望〉：

西山白雪三城戍，南浦清江萬里橋。
海內風塵諸弟隔，天涯涕淚一身遙。
惟將遲暮供多病，未有涓埃答聖朝。
跨馬出郊時極目，不堪人事日蕭條。

又如杜甫〈閣夜〉：

歲暮陰陽催短景，天涯霜雪霽寒宵。
五更鼓角聲悲壯，三峽星河影動搖。
野哭幾家聞戰伐，夷歌數處起漁樵。
臥龍躍馬終黃土，人事音書漫寂寥。

4.至於第四聯對偶，形成後三聯皆對偶之律詩則甚少。因為對偶有「原地踏步」之性質，不適宜作結。罕有對偶作結聯者，有之，亦必是流水對。如楊炯〈從軍行〉詩：

烽火照西京，心中自不平。
牙璋辭鳳闕，鐵騎繞龍城。
雪暗凋旗面，風多雜鼓聲。
寧為百夫長，勝作一書生。

七律如杜甫〈聞官軍收河南河北〉：

劍外忽傳收薊北，初聞涕淚滿衣裳。
卻看妻子愁何在？漫卷詩書喜欲狂！
白首放歌須縱酒，青春結伴好還鄉。
即從巴峽穿巫峽，便下襄陽向洛陽！

又如元稹〈遣悲懷〉其三：

閒坐悲君亦自悲，百年都是幾多時？
鄧攸無子尋知命，潘岳悼亡猶費詞。
同穴窅冥何所望？他生緣會更難期！
唯將終夜長開眼，報答平生未展眉。

5.至於通首四聯皆對之律詩，絕無僅有。五律中如魚玄機〈寄李億員外〉：

羞日遮羅袖，愁春懶起妝。

易求無價寶，難得有心郎。
枕上潛垂淚，花間暗斷腸。
自能窺宋玉，何必恨王昌？

七律中如杜甫之〈登高〉詩：

風急天高猿嘯哀，渚清沙白鳥飛迴。
無邊落木蕭蕭下，不盡長江滾滾來。
萬里悲秋常作客，百年多病獨登臺。
艱難苦恨繁霜鬢，潦倒新停濁酒杯。

明代詩評家胡應麟《詩藪》評此詩說：「一篇之中，句句皆律。一句之中，字字皆律。而實一意貫串，一氣呵成。」譽為「曠代之作」！

6. 極少律詩全首四聯中，只有一聯對偶者。如張九齡之〈望月懷遠〉詩：

海上生明月，天涯共此時。
情人怨遙夜，竟夕起相思。
滅燭憐光滿，披衣覺露滋。
不堪盈手贈，還寢夢佳期。

此詩頷聯出句雙平變格，全聯不對偶。全詩亦只頸聯對偶，看來是首古體詩。可是連最擅長對偶的大詩人杜甫，亦有律詩通首只有一聯對偶者，例如其名作〈月夜〉詩：

今夜鄜州月，閨中只獨看。
遙憐小兒女，未解憶長安。
香霧雲鬟濕，清輝玉臂寒。
何時倚虛幌，雙照淚痕乾。

全篇只有頸聯對偶。大詩人李白之〈聽蜀僧濬彈琴〉詩：

蜀僧抱綠綺，西下峨嵋峰。
為我一揮手，如聽萬壑松。
客心洗流水，餘響入霜鐘。
不覺碧山暮，秋雲暗幾重。

全篇亦唯有腹聯對偶，其上句且是「流水洗客心」的倒裝。至於其另一名作〈夜泊牛渚懷古〉：

牛渚西江夜，青天無片雲。
登舟望秋月，空憶謝將軍。
余亦能高詠，斯人不可聞。
明朝掛帆席，楓葉落紛紛！

連其頸聯是否對偶，亦成問題，甚至可說通篇皆不對偶，根本不能算是律詩。而後世竟視為他的律詩中的一首名作。

不過，只有這些大詩人作此類詩會被後人當作是律詩中的名篇。你我普通人如作律詩類此，不要希望能得到別人的青睞！

以上所舉各例，皆是五律，七律中通篇只有一聯對偶者則很難尋見。苦索之餘，只找到崔顥的那首名作〈黃鶴樓〉：

昔人已乘黃鶴去，此地空餘黃鶴樓。
黃鶴一去不復返，白雲千載空悠悠！
晴川歷歷漢陽樹，芳草萋萋鸚鵡洲。
日暮鄉關何處是？煙波江上使人愁。

這首詩就辭氣言，類似樂府歌行。就七律的規範言，此詩上截四句中，三用「黃鶴」二字，此種重疊出現，乃規律詩之大忌！在聲韻上，首聯平仄全然不合，第三句幾乎全用仄聲字；第四句又用「空悠悠」，三平調煞尾，稱為「三平落底」，是古詩方有的聲調，近體詩的律詩中是不容許的。在格律上，律詩的第三與第四兩句（頷聯）應該對偶，而此詩不對，是律詩中的散調變格，所以潘德輿《養一齋詩話》即云：「崔詩特參古調，非律詩之正。」吳昌祺《刪訂唐詩解》，從好的方面說此詩：「不古不律，亦古亦律，千秋絕唱！」

五、對偶在絕句中之位置

絕句在原則上是不用對偶的，可是並不禁止。許多絕句中也用對偶。按照有無對偶，以及對偶在絕句中的位置，有四種形式，各舉五七絕詩為例：

第一種形式，當然是通首散行，不用對偶，這可說是絕句的正規。本不須舉例，姑且隨便舉出五七絕各二首如下。

五絕如李白之〈哭宣城善釀紀叟〉：

紀叟黃泉裡，還應釀老春。
夜臺無李白，沽酒與何人？

又如賈島之〈尋隱者不遇〉：

松下問童子，言師採藥去。

只在此山中，雲深不知處。

七絕如李白〈黃鶴樓送孟浩然之廣陵〉：

故人西辭黃鶴樓，煙花三月下揚州。
孤帆遠影碧空盡，惟見長江天際流。

又如李白〈早發白帝城〉：

朝辭白帝彩雲間，千里江陵一日還。
兩岸猿聲啼不住，輕舟已過萬重山。

第二種形式是「對起」：絕句上聯對偶，對起散結。

五絕如杜甫〈八陣圖〉：

功蓋三分國，名成八陣圖。
江流石不轉，遺恨失吞吳。

又如柳宗元〈江雪〉：

千山鳥飛絕，萬徑人蹤滅。
孤舟簑笠翁，獨釣寒江雪。

七絕如杜甫〈江南逢李龜年〉：

岐王宅裡尋常見，崔九堂前幾度聞。
正是江南好風景，落花時節又逢君。

又如孟郊〈洛橋晚望〉：

天津橋下冰初結，洛陽陌上人行絕。
榆柳蕭疎樓閣閒，月明直見嵩山雪。

第三種形式是「對結」：絕句下聯對偶，上聯散行。五絕如孟浩然〈宿建德江〉：

移舟泊煙渚，日暮客愁新。
野曠天低樹，江清月近人。

又如杜甫〈武侯廟〉：

遺廟丹青古，空山草木長。
猶聞辭後主，不復臥南陽。

七絕如杜甫〈江畔獨步尋花〉：

黃四娘家花滿蹊，千朵萬朵壓枝低。
留連戲蝶時時舞，自在嬌鶯恰恰啼。

又如杜甫〈漫興〉：

腸斷春江欲盡頭，杖藜徐步立芳洲。
顛狂柳絮隨風舞，輕薄桃花逐水流。

第四種形式是通首對偶，絕句上下兩聯都是對偶。這種絕句很少，茲亦列舉五七絕各二首為例。

五絕如王之渙〈登鸛雀樓〉：

白日依山盡，黃河入海流。
欲窮千里目，更上一層樓。

又如杜甫〈絕句〉：

江動月移石，溪虛雲傍花。
鳥棲知故道，帆過宿誰家？

七絕如杜甫〈絕句〉：

兩個黃鸝鳴翠柳，一行白鷺上青天。
窗含西嶺千秋雪，門泊東吳萬里船。

又如前舉句中對之柳中庸〈征人怨〉：

歲歲金河復玉關，朝朝馬策與刀環。
三春白雪歸青塚，萬里黃河繞黑山。

絕句每首兩聯四句，律詩每首四聯八句。在形式上，絕句是律詩之半。通常律詩的首尾兩聯是散行的，但中間兩聯必須對偶。故而說：「絕者截也，截律詩也。」絕句通首不對者，是截律詩之首尾。起聯對者，是截律詩之後半。結聯對者，是截律詩之前半。兩聯皆對者，是截律詩之中間。雖然絕句是一獨立之個體，並非截取律詩而來。然而在形式上，以上這類比較的說法，卻也是很恰當的。

第八章　唐詩之音樂美

一、詩原於歌

詩原來是從歌謠蛻化而來。本書首章在追溯唐代以前中國詩的演進中，已經指出中國詩的起源是《詩經》、「楚辭」與漢樂府。中國文化發源於黃河流域，《詩經》就是黃河流域民歌之匯集。稍後長江流域的「楚辭」是能歌的，「楚辭」中夾雜著的那些「兮」字，便是便於歌唱之用的。漢代的樂府，不用說都是些合樂的歌辭。漢代民間樂府有「相和歌詞」、「清商曲」、「雜曲」三種。據《古今樂錄》載，「相和歌詞」之樂器有笙、笛、節鼓、琴、瑟、琵琶、箏七種；按琴、瑟為雅樂器，琵琶是胡樂器，餘皆俗樂器。絲竹合鳴，雅俗並奏，故稱之為「相和歌辭」。「清商曲」包括「平調」、「清調」、「瑟調」、「楚調」、「側調」、「大曲」六種，大概意謂「清調」以商為主，舉一以概其餘。各調各有樂器，大多用笙、笛、筑、瑟、琴、箏等。「雜曲」大概只是一些沒有一定樂器的詩，其中那首長達三百五十三句的〈孔雀東南飛〉，詳述東漢末年一對恩愛夫妻在婆媳不和的逼迫下自殺的故事，是中國最長的五言敘事長詩。南北朝時北朝樂府盛行的「鼓角橫吹曲」，是軍馬上歌詠戰爭的胡樂。有名的〈木蘭辭〉也是首長詩。南朝流行的「吳聲歌」，歌詠男女戀情；「西曲歌」詠嘆旅客商婦的離情，則都是五言四句的小詩。

二、唐詩是傳唱的

唐詩原來也是傳唱的。唐代薛用弱《集異記》記載：開元年間，一日天寒微雪，王之渙與王昌齡、高適三人同至旗亭飲酒。恰巧梨園歌伶也在此歌唱宴樂。三人便私相約定以伶人演唱三人所作詩篇之多寡來定詩名之高下。首先一伶唱：「寒雨連江夜入吳，平明送客楚山孤。洛陽親友如相問，一片冰心在玉壺！」王昌齡很高興地說：「這是我的絕句！」在牆上畫了一橫。

接著一歌伶唱：「開篋淚沾臆，見君前日書。夜臺何寂寞，猶是子雲居！」高適即站起在牆上作個記號。

第三個伶人開口唱：「奉帚平明金殿開，且將團扇共徘徊。玉顏不及寒鴉色，猶帶昭陽日影來！」王昌齡很驕傲地又畫了一橫，笑著說：「我已有兩首了！」

這時王之渙遙指一位挽著雙鬟的最美的歌女說：「如果她唱的不是我的詩，終身再也不敢與你們較量了。」等這位歌女一開腔，果然是王之渙的〈涼州詞〉：「黃河遠上白雲間，一片孤城萬仞山。羌笛何須怨楊柳，春風不度玉門關！」三人於是哈哈大笑。伶人們詫異，前問何故。三人道出姓名原委。原來在座的三人都是當代的大詩人，伶人們大呼幸會，相與碰杯盡歡痛飲！

這個「旗亭畫壁」的故事雖不一定真實，然而由此可說明唐時名詩是盛傳民間的。按這故事中的高適，四十餘歲習詩文，在唐代詩人中官運卻是最顯達的。王昌齡的絕句被世人讚為神品。《河岳英靈集》說他晚節不矜細行，因之「謗議沸騰，再歷遐荒，使知音嘆惜」。他的那句「一片冰心在玉壺」，便是用來申明自己心胸光明磊落的。王之渙傳世的詩僅六首，唐靳能撰王之渙的墓誌，說他「嘗或歌從軍，吟出塞，皦兮極關山明月之思，蕭兮得易水寒風之聲，傳乎樂章，布在人口」。管世銘《讀雪山房唐詩鈔・七絕凡例》中說：「摩詰（王維）、少伯（王昌齡）、太白（李白）三家鼎立，美不勝收。王之渙獨以「黃河遠上」一篇當之。彼不厭其多，此不愧其少，可謂撥戟自成一隊！」

唐代最有名的被傳唱的詩，當推王維的〈送元二使安西〉：「渭城朝雨浥輕塵，客舍青青柳色新。勸君更盡一杯酒，西出陽關無故人！」因詩中有「渭城」、「陽關」等字，世人將它納入樂府歌唱時，又稱之為〈渭城曲〉、〈陽關曲〉。

中唐歌唱家何戡即以善唱〈陽關曲〉著稱。中唐劉禹錫〈與歌者何戡〉詩云：「二十餘年別帝京，重聞天樂不勝情。舊人唯有何戡在，更與殷勤唱〈渭城〉。」同時的白居易〈南園試小樂〉詩云：「高調管色吹銀字，慢拽歌詞唱〈渭城〉。」其〈對酒〉詩云：「相逢且莫推辭醉，聽唱〈陽關〉第四聲！」並自注第四聲是：「勸君更盡一杯酒，西出陽關無故人。」晚唐李商隱〈飲席戲贈同舍〉詩云：「唱盡〈陽關〉無限疊，半杯松葉凍頗黎。」其〈贈歌妓〉詩亦云：「水精如意玉連環，下蔡城危莫破顏。紅綻櫻桃含白雪，斷腸聲裡唱〈陽關〉。」後來宋代愛國詩人陸游〈塞上曲〉也說：「玉關去路心如鐵，把酒何妨聽〈渭城〉。」凡此皆將〈陽關曲〉與〈渭城曲〉當作送行歌曲之代名詞，流傳千古。

唐代另一大詩人李白有個醉酒獻詩的史實：天寶三年，皇宮沉香亭前的牡丹盛開，絢爛豔麗，吸引明皇（唐玄宗）與楊貴妃前往觀賞。樂師李龜年帶領梨園弟子正要歌唱助興，明皇曰：「賞名花，對妃子，焉用舊樂辭為？」於是命持金花寶箋，宣召翰林供奉李白進宮作詩，以應盛況。其時李白正在市間飲酒，醉眼惺忪。明皇命人以冷水澆其面。白稍醒，振筆直書，寫〈清平調〉三首進呈：

雲想衣裳花想容，春風拂檻露華濃。若非群玉山頭見，會向瑤臺月下逢。

一枝紅艷露凝香，雲雨巫山枉斷腸。借問漢宮誰得似？可憐飛燕倚新妝。

名花傾國兩相歡，常得君王帶笑看。解釋春風無限恨，沉香亭北倚闌干。

於是梨園弟子即撫絲竹以促歌，明皇且自調玉笛以倚曲。這三首詩皆寫貴妃之美。第一首藉神話，以花喻人；第二首引歷史，以人喻花；第三首則回歸現實，人、花與君王三者合寫。總是皇家富貴風流景象！

中唐後期唐詩中的「竹枝詞」，原本是巴渝民間的民歌，人民邊歌邊舞，以短笛伴奏，擊鼓作節。詩人劉禹錫在任夔州（今四川奉節地區）刺史時，師法屈原作〈九歌〉之旨，加以文飾，以七絕體裁，將這些民歌作成詩篇：

白帝城頭春草生，白鹽山下蜀江清。南人上來歌一曲，北人莫上動鄉情。

山桃紅花滿上頭，蜀江春水拍山流。花紅易衰似郎意，水流無限似儂愁。
江上朱樓新雨晴，瀼西春水縠紋生。橋東橋西好楊柳，人來人去唱歌行。
日出三竿春霧消，江頭蜀客駐蘭橈。憑寄狂夫書一紙，家住成都萬里橋。
兩岸山花似雪開，家家春酒滿銀杯。昭君坊中多女伴，永安宮女踏青來。
城西門前灩澦堆，年年波浪不能摧。懊惱人心不如石，少時東去復西來。
瞿塘嘈嘈十二灘，人言道路古來難。長恨人心不如水，等閒平地起波瀾。
巫峽蒼蒼煙雨時，清猿啼在最高枝。千里愁人腸自斷，由來不是此聲悲。
山上層層桃李花，雲間煙火是人家。銀釧金釵來負水，長刀短笠去燒畬。
楊柳青青江水平，聞郎江上唱歌聲。東邊日出西邊雨，道是無情卻有情！
楚水巴山江雨多，巴人能唱本鄉歌。今朝北客思歸去，迴入紇那披綠羅。

從以上諸實例中，可見唐詩是廣被傳唱的。拙作《唐代絕句析賞》（東大出版）對以上諸例之詩，有詳盡的析評。讀者如有興趣的話，可參閱。

唐詩是中國文學之精華，收集唐詩最齊全的《全唐詩》可說是文學的寶藏，其中宣洩人生喜怒哀樂等各種情感的佳構，不勝枚舉。如果現代的作曲家們能夠配合唐詩的格調，作出豪壯、高昂、淒迷、纏綿、幽怨、悲傷等各類曲子，唱出唐詩各類情調，使無數唐詩中的佳作，都變成流行歌曲來傳唱，各人皆可隨興的引用那些優美的唐詩，來抒發人生的情感，並藉此發揚光大我國固有的文化光彩，多麼美好！

三、唐詩之音樂性

至於就詩作本身而言，唐詩在音樂方面的表現，則不外乎聲調、旋律與韻腳。不論是創作或欣賞，掌握其音樂性，也是不可忽略的重點。

聲調是指一聲的高低和疾徐。長音往往不是高音，高音大抵在促音裡。故而詩句中常用促音表現著重而有力的氣勢，用長音來表現悲怨的情感。聲調的高低，刺激感官的聽覺。詩句要調和聲調，就須分配長音與促音，所以近體詩中平仄相間。

例如王之渙的〈登鸛雀樓〉詩，首句「白日依山盡」，開端「白日」，先是促音，句尾「山盡」是長音。次句「黃河入海流」，中間的「入」字是促音，首尾的「黃河」與「海流」是長音。第三句「欲窮千里目」，上長下促。末句「更上一層樓」，則又是下長上促了。

音樂中有拍子。旋律是一句中拍子的比例。近體詩中的平聲是長拍子，仄聲是短拍子。

近體詩的格式，便是絕句與律詩的旋律。近體詩句中平仄交替，使音調唱起來有錯綜的美。在近體詩平仄的運用上，有所謂「對」與「黏」的規則。這些特定的格式，也可以說是樂譜。只是所有的詩必須遵守這些格式，旋律未免太板滯了。

至於詩的韻腳，顯然地是便於朗誦的必要條件。韻腳使詩像音樂般的朗朗上口，韻腳使詩如音樂般的廣為流傳。所以近體詩每聯的句尾，必須要押韻。如不押韻，便不成為詩。

在未有韻書之前，所有的詩韻，都是依照口語而來。韻書是歸納口語的聲調而編纂的。但其歸納的韻部，也不一定全部合理。自有韻書以來，所有的詩必須依照韻書。韻書是數百年才編修一次，而流行的口語，隨時隨地在改變。現代人作詩，仍依照清代編纂的古典式的詩韻，未免有些不合時宜。民初趙元任有《國語新詩韻》的創作，在這方面露出曙光。希望國語運動推廣，全國普遍應用，也許我們能找出一套全國適用的現代韻書來。

第九章　唐詩之作法與析賞舉隅

一、詩作之梗概

1. 詩之發端——詩題

詩題可以點明全詩的重點所在，以什麼為啟點或中心來寫景敘事或抒情，或情景並融。

前代科舉考試，由主考官命題，所有應試的人必須就試題勉力作詩。普通人本無試題，即興而作、隨興賦詩，詩題是在詩成之後安上的。詩話中載的詩人在散文或遊記中，偶有感觸，吟出詩句，即所謂「口號」詩，例如王維的那首〈崔九弟欲往南山馬上口號與別〉詩：

城隅一分手，幾日還相見？
山中有桂花，莫待花如霰。

正因為詩人作詩原無題目，後人對其詩可冠以不同的詩題，例如那首淺顯如話的李白詩：

床前明月光，疑是地上霜。
舉頭望明月，低頭思故鄉。

有人冠其詩題是〈靜夜思〉，有人說其詩題是〈夜思〉。
又如流傳極廣的王維〈送元二使安西〉詩：

渭城朝雨浥輕塵，客舍青青柳色新。
勸君更盡一杯酒，西出陽關無故人。

有人取其開端兩字，稱之為〈渭城曲〉，有人因其被編入樂府，作為一般送別歌曲，謂之〈陽關曲〉。

康熙年間所敕訂的翰林院所編纂的《全唐詩》是收集唐詩最完備的巨著，從二八七三位唐代詩人中，收集唐詩四九四〇三首，其中很多詩題皆是這些博學多才的翰林們擬訂的，當然都很妥善；不過其中亦不無值得商榷之處，例如王維被題為〈春日與裴迪過新昌里訪呂逸人不遇〉的那首詩：

桃源一向絕風塵，柳市南端訪隱淪。
到門不敢題凡鳥，看竹何須問主人？
城外青山如屋裡，東家流水入西鄰。
閉戶著書多歲月，種松皆老作龍鱗。

全詩沒有言及裴迪之處，似有缺漏，即使詩話中有裴迪作伴之事，亦當省略。又如李白的那首〈夜泊山寺〉詩：

危樓高百尺，手可摘星辰。不敢高聲語，恐驚天上人！

詩人憑想像極言山寺之高入雲天，詩中並無泊舟痕跡，詩題之「泊」字應改為「宿」字。

另外，《全唐詩》載李白五絕兩首，一為〈戴老店〉云：「戴老黃泉下，還應釀老春。夜臺無李白，沽酒與何人？」另一首詩題是〈哭宣城善釀紀叟〉云：「紀叟黃泉裡，還應釀老春。夜臺無曉日，沽酒與何人？」詩題「器宣城善釀紀叟」遠較詩題「戴老店」醒目，但其第三句是「夜臺無曉日」，說陰間早晨不見陽光而已，本人移花接木，將哭紀叟詩第三句尾「曉日」，換成其〈戴老店〉詩第三句尾之「李白」。也可說「張冠李戴」，將《全唐詩》中兩詩詩題交換。故而本人所撰之《唐代絕句析賞》中李白之〈哭宣城善釀紀叟〉云：

紀叟黃泉裡，還應釀老春。夜臺無李白，沽酒與何人？

本人認為詩人與紀叟之情誼，建立在美酒上。一善釀酒，一愛品酒，互為知己，詩人固悲紀叟之死，紀叟亦悲九泉下無李白之作友人，此詩詩人將自己納入詩內，不說自己失去故人而悲，而說故人無我而悲，四句皆口頭語，而情真意切，無一哭字，而悲切感人！李白與紀叟如果地下有知，當亦莞爾認可！

《全唐詩》載白居易七律一首云：

時難年荒世業空，弟兄羈旅各西東。
田園寥落干戈後，骨肉流離道路中。
弔影分為千里雁，辭根散作九秋蓬。
共看明月應垂淚，一夜鄉心五處同。

其詩題：〈自河南經亂，關內阻飢，兄弟離散，各在一處。因望月有感，聊書所懷，寄上浮梁大兄、於潛七兄，烏江十五兄，兼示符離及下邽弟妹〉，詩題未免過長，本人所撰之《唐代律詩析賞》，則略之為〈望月寄諸兄與弟妹〉。

另一極端，《全唐詩》載李嶠五絕云：

解落三秋葉，能開二月花。過江千尺浪，入竹萬竿斜。

此詩之詩題僅一「風」字，全篇對仗，上聯寫微風，下聯寫強風，全篇卻未著一「風」字，可當作一典型的謎語詩。

最後須提出者，是唐詩中偶有「無題」的詩，例如詩僧寒山子，常題詩於竹木石壁上，他進入石穴後，不再見於世。《全唐詩》編存其詩一卷，皆無題目，這些都是實際上存在的無題詩。另外，還有很多形式上以「無題」作題的詩。這類詩產生的原因很複雜，其基本的原因是題目像個狹窄的鏡框，它會把詩的內容侷限於特定的框子中，有的詩如天馬行空，意境不能限制在一個鏡框內；有的詩意境微渺，沒有題目可以表示出來。有時作者有不便公開或不願表白的愛情；有時作者心懷積鬱之情，在某種情況下，有所顧忌，不能顯明表示，在找不到適當的題目下，姑以「無題」為題。唐代後期的大詩人李商隱便有很多「無題」詩，因為他的詩風是意境迷濛，辭句隱晦。後代以研究李詩著稱的馮浩在其《玉谿生詩集箋注》中即云：「自來解無題詩者，或謂其屬寓言，或謂其盡賦本事，各有偏見，互持莫決，余細讀全集，乃知實有寄托者少，直作豔情者多，夾雜不分，令人迷亂耳。」近代梁啟超在他的〈中國韻文內所表現的情感〉一文中，談到他讀李商隱詩的感受說：「我理會不著，析開一句一句叫我解釋，我連文義也解不出來，但我覺得它美，讀起來令我精神上得到新鮮的愉快！」

古人也有無題的詩，他們以詩的開端兩字或用詩中的兩字作題，實際上也等於無題。但今人作詩，在可能情況下，仍以標出詩題較好。

2. 詩之內容——情與景

詩是文學之精華，唐詩更是中國詩的典範。表面五光十色，但實質內容除少數即事抒懷的敘事詩與讀史有感的史論詩外，大多數詩皆不外情景二字。當其寫景，如言花之如何麗，月之如何明，必思及與吾身相關之事而兼寫情，則不至索然無味。當其寫情，如訴離別之苦，思慕之深，必摹擬眼前現有之狀，而兼寫景，則不至於空無所麗。故即事懷人等題，雖一偏在景（廣義的「景」，亦包括「事」），一偏在情，而作詩者必須二者兼寫，庶有生發，而層次井然。其尤妙者，情景渾融，而意味深長也。茲舉李白〈夜思〉詩為例：

床前明月光，疑是地上霜。舉頭望明月，低頭思故鄉。

近代劉拜山評曰：「瞥然見之，疑其是霜，遂有天寒之感；旋審其是月，而鄉愁已動。仰望俯思，不能自已矣，捕捉詩心，傳神剎那，故為高唱！」清代黃燦評：「即景即情，忽離忽合，極質直卻自情至！」

更舉奚斯〈出順城門懷何太虛〉詩為例：

步出城南門，悵望江南路。前日風雨中，故人從此去！

上聯步出城南門，望江南路，是寫景也；而增一「悵」字，即透出其懷人之意，所謂景中有情也。下聯轉出回憶前日風雨中，故人從此路而去，則正寫懷人，而仍不脫風雨之景，所謂情中有景也，意味在不即不離中！

以上是以絕句為例。茲就律詩而言，舉杜審言〈和晉陵陸丞早春遊望〉為例：

獨有宦遊人，偏驚物候新。雲霞出海曙，梅柳渡江春。
淑氣催黃鳥，晴光轉綠蘋。忽聞歌古調，歸思欲沾襟。

首聯引發全篇，因其「宦遊」，才「獨有」「偏驚」全篇「物候新」之「新」的感受之情。「新」字扣題之「早」字。中間兩聯寫景，次聯概寫，腹聯細描：「雲霞」「梅柳」「黃鳥」「綠蘋」是「物」；「曙」、「春」、「淑氣」、「晴光」是「候」；次聯之「雲霞出海」、「梅柳渡江」是題之「望」字，腹聯之「淑氣」、「晴光」兩句是題之「遊」字；兩聯中之動詞「出」、「渡」、「催」、「轉」擬人化，將「雲霞」、「梅柳」、「淑氣」、「晴光」看作有生命之實體，都是應「新」字以寫「早春」之景的；末聯「忽聞」緻足首聯「偏驚」字意。「歌古調」指陸丞原作，回應題之「和」字。末句遙接首句，因此詩一開始即言自己是獨遊異鄉之人，目睹新奇的春景之後，在外又過一年，結尾乃道出思歸之情，情景並融，首尾呼應！

3. 詩之結構——起承轉合

作文謀篇有起承轉合，唐詩雖千變萬化，但細析之，其形式結構，亦暗循起承轉合之規範，這點讀者於上節論詩之內容中，已見端倪，以下本章申論絕句與律詩之作法中，再細談之。

4. 詩之著力處——詩眼

詩之著力處，即聚精會神處，有句法章法之別：

句法之著力在用字，五言句法，著力多在第三字或第五字；七言句法，著力常在第五字或第七字，謂之「詩眼」。然亦間有著力於第一、二及四、六等字者。惟所著力之字，必係虛字或輕靈之字，能使句之全部活動也。

章法之著力處，絕句的絕大多數，皆在下兩句，律詩多在頷聯或頸聯，然亦不一定。章法之著力處即其全篇「畫龍點睛」之處。

當然，章法之最妙者，是全篇首尾一氣呵成！

二、絕句之作法與析賞舉隅

詩是文學的精華，絕句篇幅短小，尤須精煉。絕句只四句，五絕每句只五字，必須簡約，不能多用虛字。七絕雖然每句多兩字，略寬舒些；但亦不容贅詞鋪陳。蓋以絕句每首僅四句，篇幅有限，詩意不能過於複雜。作者必須抓住要點，抒發詩情。措辭需委婉含蓄，使人讀之，有「言有盡而意無窮」之感。

作詩謀篇猶如作文，有起、承、轉、合。絕句通常上聯破題，下聯轉結。大抵首句平鋪直敘，次句接得緊密妥當。第三句是轉折之處，是全篇樞紐，必須從題面翻進一層；結句順流直下，與上句構成一個完整意境，表達全篇主旨。絕句絕大多數皆是如此，例子俯拾即是。五絕例如王維〈雜詩〉：「君自故鄉來，應知故鄉事。來日綺窗前，寒梅著花未？」七絕又如王維〈九月九日憶山東兄弟〉：「獨在異鄉為異客，每逢佳節倍思親。遙知兄弟登高處，遍插茱萸少一人。」

也有篇首出奇制勝，用逆接法起首突兀者，五絕如李白〈秋浦歌〉：「白髮三千丈，緣愁似箇長！不知明鏡裡，何處得秋霜？」七絕如李白〈永王東巡歌〉：「試借君王玉馬鞭，指揮戎虜坐瓊筵。南風一掃胡塵靜，西入長安到日邊！」

也有第三句振筆喝起，末句回波倒捲者，五絕如杜甫〈八陣圖〉：「功蓋三分國，名成八陣圖。江流石不轉，遺恨失吞吳！」七絕如王維〈渭城曲〉：「渭城朝雨浥輕塵，客舍青青柳色新。勸君更盡一杯酒，西出陽關無故人！」

詩句每聯上下兩句，構成一完整意境，絕句通常二聯表達相成或相反的二個語意。但也有極少詩篇由一三句構成，如賈島〈尋隱者不遇〉：「松下問童子，言師採藥去。只在此山中，雲深不知處。」一句問話，童子回答三句。也有詩篇由三一句構成，如李白〈越中覽古〉：「越王句踐破吳歸，戰士還家盡錦衣，宮女如花滿春殿。只今惟有鷓鴣飛。」前三句皆寫昔日句踐破吳歸來歡樂的盛況，一氣直下；最後一句以淒涼的現景截住。

更特出者，還有全篇一意，如抽絲剝繭，逐步推進者，如金昌緒〈春怨〉：「打起黃鶯兒，莫教枝上啼；啼聲驚妾夢，不得到遼西！」

總之，作詩沒有一定成法，其靈魂是其神韻；首要在有靈感，如有感觸，立即含蓄地表達出來。如有議論，亦只能就某一特見，一語道破！在章法上，絕句著力處常在後兩句；尤其是最後的結句，要畫龍點睛，是絕句的最高峰。當然如能首尾一氣呵成，尤為上選！

關於絕句之作法，最淺顯明白的要推揚載，他說：「絕句之法，要婉曲迴環，刪蕪就簡，句絕而意不絕。多以第三句為主，四句發之。有實接、有虛接，承接之間，開與合相關，反與正相依，順與逆相應，一呼一吸，宮商自諧。大抵起承固難，不過平直敘起為佳，從容承之為是。至於婉轉工夫，全在第三句。若於此轉變得好，則第四句如順水流舟矣！」

就唐人之詩作而言，沈歸愚曰：「五言絕句，右丞之自然，太白之高妙，蘇州之古淡，純是化機，不關人力。七言絕句，開元之時，龍標供奉，允稱神品；外此高岑起激壯之音，右丞多悽惋之調，以至蒲桃美酒之詞，黃河遠上之曲，皆擅場也。後李庶子、劉賓客、杜司勳、李義山、南鄭都官諸家，比興幽微，克稱絕響。」

三、律詩之作法析賞舉隅

近體詩的律詩，每首四聯八句。第一聯稱首聯或起聯，第二聯稱頷聯或次聯，第三聯稱頸聯或腹聯，第四聯稱結聯、尾聯或末聯。律詩中間的第二、第三兩聯必須對仗。如果第二聯不對仗而第一聯對仗，稱之為「偷春體」，意謂第一聯偷第二聯之春而先開也。

五言律詩（五律），首重整鍊，戒在板重。七言律詩（七律）因句子較長，聲調較緩，則重在氣勢與翻騰，掌握不好，便流於柔靡卑弱。

上節已詳言絕句之有起、承、轉、合，絕句然，律詩亦然。不過絕句只四句，而律詩則有四聯八句。律詩之聯，相當於絕句之句。在語意表達上，較為舒徐展開。大體說來，律詩之四聯：

首聯貴蘊意豐厚，氣勢雄闊，全詩才有開展之餘地。

次聯貴在接得穩切，將首聯開出的意蘊，再進一層發揮。

第三聯是重要的轉筆。作詩固須扣題，但如逐句只繞著題目來寫，格局便太狹小，須要開展；故而轉筆須要跳出詩的上半語意，盪得開，拉得遠，其要訣是表面上跳開，實際上仍與上聯暗貫。

最後一聯，要回合題旨，與前文照應，歸切全篇。如果第三聯轉向，而末聯不大力收回，則將如野馬脫韁，故而雖翻出新意，絕不可離題。

玆即賞析若干唐詩，顯示運用之道：

很多律詩，好像上下兩半，上半敘事寫景，下半抒情。最顯著者，莫若五律中關於洞庭湖岳陽樓的兩大詩人之名作：

孟浩然〈望洞庭湖上張丞相〉：

八月湖水平，涵虛混太清。
氣蒸雲夢澤，波撼岳陽城！
欲濟無舟楫，端居恥聖明。
坐觀垂釣者，徒有羨魚情。

根據敦煌寫本，此詩原本只有上段四句，題目是〈洞庭湖作〉，純為寫景之作。後來孟浩然為求出仕，要將這首詩送呈張丞相，在詩後續添四句來寄意，並改詩題為〈望洞庭湖上張丞相〉。

此詩首聯上句寫詩人到達洞庭湖之季節，正是八月水漲，湖面水與岸齊；下句言天水相接，好像天空也包容在湖水之中。

次聯承上句「混太清」，寫洞庭湖之空闊與波濤之洶湧，「雲夢澤」指洞庭湖北岸地區。後人評此聯「氣概橫絕，言有盡而氣無窮！」

腹聯上句表面上看是想渡湖而無船，實際上「欲濟」乃思有所作為之意；下句「恥聖明」，蓋取孔子「邦有道，貧且賤焉，恥也」之意。全聯是詩人想出仕，希望張丞相予以援引。

末聯上句言坐看那些垂釣的人，下句空羨其釣得到魚。「垂釣」是暗喻在位掌權的人，指張丞相；「羨魚」用《淮南子．說林訓》「臨河而羨魚，不如歸家結網」之意，這裡將「結網」改為「垂釣」。全聯意謂詩人坐觀他人垂釣，自己也生出羨魚結網的欲望，看到他人做官，自己也想出仕。

此詩中用「欲濟」、「舟楫」、「垂釣」、「羨魚」等語彙，皆為洞庭湖景物；用之語意雙關，含蓄地表達他想做官的意願和求荐的心情。

再看杜甫〈登岳陽樓〉：

昔聞洞庭水，今上岳陽樓。
吳楚東南坼，乾坤日夜浮！
親朋無一字，老病有孤舟。
戎馬關山北，憑軒涕泗流。

首聯點明詩題，帶起全篇，隱含今昔悲傷之情，為下半鋪墊。

次聯寫在樓上，縱觀洞庭湖景象：上句渲染洞庭湖波浪濤天，好像要將東方的楚與南方的吳，裂開一個大缺口！下句描繪湖蓋地，天蓋湖，天地好像日夜飄浮在湖裡，極端誇張洞庭湖廣闊的景象！

上聯已寫盡洞庭湖景象，下段轉而抒情，腹聯寫自己的苦況。尾聯詩人又進而痛感國家之多難，面對國難，而自己無力救援，不禁悲從中來；「憑軒」二字，點出岳陽樓。凡此皆是詩人在岳陽樓上觀望時之所感。

在七律中，如杜甫〈蜀相〉：

丞相祠堂何處尋？錦官城外柏森森。
映階碧草自春色，隔葉黃鸝空好音。
三顧頻煩天下計，兩朝開濟老臣心。
出師未捷身先死，長使英雄淚滿襟！

此詩首聯點題，敘事寫景。次聯寫蜀相祠堂外景色。腹聯寫諸葛亮生平，末聯悲痛其身死，全在詩題之內。

又如杜甫〈聞官軍收河南河北〉：

劍外忽傳收薊北，初聞涕淚滿衣裳。
卻看妻子愁何在？漫卷詩書喜欲狂！
白首放歌須縱酒，青春結伴好還鄉。
即從巴峽穿巫峽，便下襄陽向洛陽！

此詩上半首言在異鄉聽到官兵收復失地之捷報，接言全家歡喜欲狂之情。腹聯上句即承喜情，下句轉入還鄉之想，末聯續言還鄉，大有恨不得立即登途到達之急切心情！

律詩與絕句的最大區別，是律詩首尾之間有兩聯，這中間兩聯貴濃郁實在，多分寫景與情，亦有分寫時與空，或歷覽古與今者，不可盡述。茲列舉諸例，以顯示之：

杜甫〈登兗州城樓〉：

東郡趨庭日，南樓縱目初。
浮雲連海岱，平野入青徐。
孤嶂秦碑在，荒城魯殿餘。
從來多古意，臨眺獨躊躇。

此詩首聯先點明作詩之時間與地點。「趨庭」意謂承受父教，《論語》「鯉趨而過庭」，述孔子的兒子鯉隨從父親。其時詩人父親杜閑為兗州司馬，詩人來省侍父親，故用此典。「東郡」指兗州，「南樓」指兗州城樓，「縱目」啟下文見景，「初」字表示他初次登上此樓，故而感覺新奇。

頷聯寫遠景，景象宏闊。上句「連海岱」是高瞻遠矚。齊魯之境，東盡於海；岱嶽是泰山，在兗州之南，雲天連接。下句「入青徐」是俯瞰平視，兗州當齊魯山脈垂盡處，一望無垠，故云青州與徐州的平野盡入眼中。「連」、「入」二字精煉！

頸聯寫近景，細述秦漢古跡，為下文伏筆。「秦碑」在鄒嶧山上，秦始皇二十八年東巡郡縣，上鄒嶧山，刻石頌秦德。「魯殿」指靈光殿，漢景帝子魯恭王所建，址在曲阜城內。「孤嶂」、「荒城」，有不勝滄桑之感！此聯本是「秦碑在孤嶂，荒城餘魯殿」，詩人將動詞「在」、「餘」移至句尾，以免與次聯之動詞之在句中第三位置相同，且能配合押韻，使全篇錯落有致，語意生動！

尾聯上句「從來」二字振起，「多古意」緊承頸聯。下句「臨眺」回應首聯之「縱目」。全篇以縱目為經，懷古為緯，組成詩篇，結構緊密，情景俱到！此詩是杜甫少年之作，中年以後，神明變化，不可方物矣！

茲即舉其五十三歲時之〈別房太尉墓〉之詩析之：

他鄉復行役，駐馬別孤墳。
近淚無乾土，低空有斷雲。
對棋陪謝傅，把劍覓徐君。
惟見林花落，鶯啼送客聞。

詩題「房太尉」指房琯，唐玄宗幸蜀時荐之於肅宗為相。他自請將兵討安祿山之亂，大敗於陳陶。肅宗對之當然非常失望，旋以房琯喜愛琴師董庭蘭彈琴事，受物議，將治罪。杜甫與房琯是布衣交。當時杜甫在朝任左拾遺，上書為房琯辯護，險亦被治罪。房被貶為邠州刺史，死後追贈為「太尉」，杜甫流落蜀中時，拜謁房墳而作此詩。

首聯上句先寫自己的苦境，下句入題，言「別」而不言「拜」，似有再會之意。

頷聯寫拜祭情景：上句是低頭所見，靠近詩人流淚的地面上沒有乾土，足見詩人涕淚滂沱，以致土地盡濕。「無乾土」，痴想英靈仍在。下句是仰首所見，一片斷雲，停滯低空，象徵死者英靈不散。半實半虛，情景並融！

頸聯轉入兩人交誼：上句「陪謝傅」，指謝安，死後追贈太傅。《晉書》載謝安與客圍棋時，其部屬大破苻堅百萬於淮淝之事。詩人用此典，以喻生前曾有陪房太尉之殊榮，詩人不一定有與房下棋之事，意謂二人生前時相盤桓。同時又隱含維護房琯之意，因房在位時，耽愛董庭蘭彈琴而招物議；此句以謝傅下棋為比，隱喻弈棋既無損於謝傅，則聆琴又何傷於房太尉？

下句引用《史記・吳太伯世家》：「季札初使北過徐。徐君好季札之劍，而口弗言。札心知之。為使上國未獻。還至徐，徐君已死，乃解劍繫於徐君冢樹而去。」詩人引用此典，蓋以房琯欣賞杜詩，現房作古，詩人作詩奉獻，焚於墓前，以謝知音。

此聯上句謝安與客圍棋，談笑卻敵，所以比房；下句季札掛劍徐墓，不負死友，所以自況。上句追往，下句傷今。

尾聯寫別墓時悽慘情景，范廷謀《直解》：「結以聞見二字，參錯成韻。謂墓前送別者絕無一人，惟有花落鶯啼，相為送別而已，正與『孤』字相應。」余意尾聯除歸到首聯之「別」外，並示時節，古人有「鶯鳴求友」之說，詩人「聞」鶯啼而未見鶯，亦寓思念故友而不見故友之意。全篇情融於景，讀之令人淚下！

在七律中，例如李白〈登金陵鳳凰臺〉：

鳳凰臺上鳳凰遊，鳳去臺空江自流。
吳宮花草埋幽徑，晉代衣冠成古丘。
三山半落青天外，二水中分白鷺洲。
總為浮雲能蔽日，長安不見使人愁。

此詩顯然地頷聯寫思及在金陵建都的東吳東晉兩朝，弔古傷今。頸聯寫眼前所見金陵周圍景物。

又如劉長卿〈長沙過賈誼宅〉：

三年謫宦此棲遲，萬古惟留楚客悲。
秋草獨尋人去後，寒林空見日斜時。
漢文有道恩猶薄，湘水無情弔豈知？
寂寂江山搖落處，憐君何事到天涯？

首聯點賈誼宅，旅楚之人見賈誼謫居而悲傷。

頷聯就題中之「過」字，寫過賈誼宅之景。上句俯視，「秋草」點時節，「人去後」「獨尋」，可見詩人私淑賈誼之情懷。下句仰視，「日斜時」點出時間，「寒林」「空見」，渲染一片蕭條冷落景色。此聯「秋草」、「寒林」、「人去後」、「日斜時」，除寫眼前景色外，亦暗喻當年賈誼之處境與現今唐朝之形象。「獨尋」、「空見」極其精煉！

頸聯點事入議。上句感慨賈誼之際遇。賈誼是漢代青年政論家，漢文帝寵擢之為大中大夫，被重臣們讒譭而貶作長沙王太傅；言漢文帝公認是有道之君，猶貶有識之賈誼，致其抑鬱而死；今唐代宗昏庸無能，自己復有何前途之可言？言外之意，自己之一貶再貶，當然是必然之事。用筆曲折，手法絕妙！

下句，根據《史記・屈原賈生列傳》：「賈生以讁去，意不自得。及渡湘水，為賦以弔屈原。」詩中之「弔」字，詩人責問賈誼，何苦對湘水而作〈弔屈原賦〉？但詩人今日亦來弔賈誼，不知此責弔究指賈誼之弔屈原，抑自責來弔賈誼，用筆極曲，含意深痛！

尾聯抒感，上句映襯頷聯，強化全篇蒼涼景色。下句「君」字，指賈誼，亦兼自己。憤而自問：究以何罪而被貶經此？

弔古詩須將自己滲入詩內，否則變成一篇史論。此詩作者劉長卿過賈誼宅弔賈誼，為賈抱不平，寄予同情。為賈誼悲，實則亦為自己悲。含蓄蘊藉，是弔古詩之上選！

當然，律詩中亦有順時序而作者。五律中如杜甫的〈春宿左省〉詩：

花隱掖垣暮，啾啾棲鳥過。
星臨萬戶動，月傍九霄多。
不寢聽金鑰，因風想玉珂。
明朝有封事，數問夜如何？

首聯由黃昏寫起，杜甫任門下省左拾遺，唐代中書、門下兩省，分別在禁中左右，如人之左右掖，又稱掖省。上句言詩人值宿，暮時即來門下省。下句「棲鳥」在寫景中，寓值宿之意。

頷聯寫夜間所見，上句寫繁星在萬戶之上，閃爍發光。下句繼寫月升之後，高高照射帝王九重宮殿。

頸聯寫將曉之時之所聞，長夜寂寥，詩人整夜只作假寐，故而可以遙聞金鑰開啟宮門的細微之聲。微風吹動檐下鈴鐸，好像是朝臣們入朝時馬頸下玉珂撞擊的音響。

由此可見宮廷之森嚴，朝臣們早朝之莊重。更重要者，刻畫詩人該睡而不敢睡，徹夜坐待破曉的心態。

全篇前六句，由暮，經夜，至破曉，時間上是實筆寫全夜之歷程。結聯「明朝有封事」，在時間上是虛筆寫明朝將繼發生之事。此句「畫龍點睛」，為全篇之靈魂。下句「數問夜如何？」故而詩人徹夜未能成眠，總結全篇。

清代仇兆鰲《杜詩詳注》云：「本詩自暮至夜，由夜至朝，敘述詳盡，而盡忠報國之意，即在其中。」

七律中顯然依時序進展者，如岑參〈奉和中書舍人賈至早朝大明宮〉：

雞鳴紫陌曙光寒，鶯囀皇州春色闌。
金闕曉鐘開萬戶，玉階仙仗擁千官。
花迎劍珮星初落，柳拂旌旗露未乾。
獨有鳳凰池上客，陽春一曲和皆難。

首聯對起，先寫破曉時之京城。「雞鳴」、「鶯囀」是所聞，「紫陌」、「皇州」指京城，「紫」、「皇」（黃）是假對。天有紫微垣，人主之宮象之，故而京城大道稱「紫陌」。「曙光」、「春色」

指時間與季節。「寒」、「闌」是氣候之所感。

頷聯寫宮殿早朝，上句晨鐘響起，下句玉階上眾官朝拜，莊嚴隆重。

頸聯寫退朝景象，「花迎」、「柳拂」是夾道景色。「劍佩」喻千官。「旌旗」是宮殿外之裝飾。「星初落」「露未乾」皆言清晨，景致華美。

結聯點到詩題。「鳳凰池」指中書省，「客」指中書省舍人賈至，「陽春」言賈至詩之高雅。

此詩是和詩，其中「鶯囀」、「玉階」、「柳拂」等皆類似賈詩之「百囀流鶯」、「玉墀」、「千條弱柳」等語彙。詩中「雞鳴」、「曙光」、「曉鐘」、「星初落」、「露未乾」皆渲染「早」字。「金闕」、「玉階」、「仙仗」、「千官」、「旌旗」等皆鋪張「朝」字。前六句每句皆含三景物，詩之密度至大，幾乎包括早朝中所有景物，內容豐富。全篇程序井然，寫早朝莊嚴典雅，又堂皇華麗，正合乎和詩與宮廷詩之要求。

說到層次井然，有首最傑出的律詩，那就是孟浩然的〈過故人莊〉：

故人具雞黍，邀我至田家。
綠樹村邊合，青山郭外斜。
開軒面場圃，把酒話桑麻。

待到重陽日，還來就菊花。

此詩首句「故人具雞黍」，開端先從故人說起，緊接著「邀我至田家」。這兩句點題。故人一邀即至，顯示出至交之間的深厚友情。

頷聯寫至田家沿途所見之景物，由近及遠。

頸聯寫到達田家後之飲宴場面，與陶淵明〈歸園田居〉之「相見無雜言，但道桑與麻」，同一意境。

尾聯預約重陽再會，隱示此次聚會，一定很愉快。正因為太愉快了，意猶未盡，不等主人開口，便等不及地說下次再來，而且自己選定了時間是重陽，來的目的是賞菊花，不用說還要叨擾一次，再來飲酒賞菊，要主人再具雞黍。不有深厚的友誼，客人焉能出此話？

此詩表面上只是敘事寫景，實際上在寫清幽開闊的田園景色、淳樸自由的農村生活中，在在充溢著主客間深摯的友誼，結合敘事、寫景、抒情為一體。他以淺近的語言，樸實的筆調，將深厚的情味，信口道出。意境淳美，古今田園詩中，無有逾於此者！

黃生《唐詩摘抄》評論此詩，深得其中妙處：「全首俱以信口道出，筆尖幾不著墨，淺之至而深，淡之至而濃，老之至而媚，火候至此，並烹煉之跡俱化矣！」

唐詩中佳作，不勝枚舉。以上所列舉詩例，不過個人研讀唐詩中一些析賞心得而已，在此供作各種作法之典範。當然，絕句與律詩之作法，理論上說不盡，事實上也無人可以盡述。運用之妙，存乎一心。所謂「戲法人人會變，各有巧妙不同」也。

最後，姑錄明代胡震的《唐音癸籤》引楊仲宏的高論：

> 七言律有起、有承、有轉、有合。起為破題，或對景興起，或比起，或就題起，要突兀高遠，如蘋風初發，勢欲卷浪。承為頷聯，或寫意，或寫景，或書事，或用事引證，要接破題，如驪龍之珠，抱而不脫。轉為頸聯，或寫意，寫景，書事，用書引證，與前聯之意相避，要變化不窮，如魚龍出沒波濤，觀者無不神聳。合為結句，或就題結；或開一步，或繳前題之意；或用事，必放一句作散場；或截奔馬，辭意俱盡；或臨水送將歸，辭盡意不盡。知此則七律思過半矣！

讀者如能細心體會這段話，當可得到律詩作法的訣竅了。

就唐代詩人之律詩而言：沈歸愚評曰：「神龍之世，陳（子昂）杜（審言）沈（佺期）宋（之問），如渾金璞玉。開寶以來，李白之穠麗，王摩詰、孟浩然之自得，分道揚鑣，並推極勝。杜少陵獨開生面，寓縱橫顛倒于整密中，故應超然拔萃。終唐之世，無有越諸家之範圍者矣。」

以上是就五律而言，至於七律，則發展較五律稍晚，開（開元）寶（天寶）時方大放異彩，王維與杜甫是其最顯著者。唐代七律之大詩家中，應亦有劉長卿、劉禹錫、杜牧、李商隱、韓偓等人。杜甫之律詩（尤其七律）雄奇飛動，縱恣壯浪，包舉天地，凌跨古今，臻於極境！後來惟李商隱之史詩，差可繼稱絕響而已。

附錄

詩韻簡易錄

上平聲

一東

東蝀同銅桐峒筒筩童僮瞳曈艟潼中忠衷沖种忡

盅蟲終螽崇漴嵩崧菘戎弓躬宮融雄熊穹窮馮風

楓豐灃酆充隆癃窿空箜公工釭攻蒙濛朦艨瞢懵

籠聾瓏礱龐櫳洪烘紅虹訌鴻叢潨翁蓊悤聰驄總

從騣椶通侗逢蓬篷

二冬

冬鼕宗琮淙農濃儂憹穠醲松淞鬆重鍾鐘艟容蓉
溶鎔榕庸墉鏞傭封葑丰匈洶胸凶兇逢縫彤禺喁
顒雍邕灉癰壅從縱蹤鏦茸蛩邛共供恭龔

三江

江杠扛矼釭舡豇尨哤窗邦降洚瀧雙艭腔撞幢鬃

四支

支枝肢脂知之芝祗咨資姿貲緇輜錙茲滋孳孜池
馳篪遲墀持治雌癡疵髭螭魑差笞蚩嗤媸司思颸
緦絲私斯撕廝師篩獅施尸屍詩詞祠時塒鰣匙禔
茨瓷辭慈磁移簃夷洟痍遺彝頤怡貽飴疑嶷宜檥
儀倪涯崖尼怩奇錡琦騎岐歧祇祁耆鰭其期碁旗
祺淇騏麒戲羲犧曦蓰絺瓻嬉僖嘻禧熹熙伊咿猗
漪椅醫噫離籬醨罹漓璃褵麗驪鸝蠡棃黎黧犂釐
嫠貍欺圯姬其箕基朞奇羈畸飢肌姬規龜危窺虧

為帷嬀萎逶誰錐椎鎚槌垂陲隨隋雖推纍羸蕤追
綏雖睢衰吹炊卑俾碑陴稗麾悲眉湄嵋楣郿縻糜
麋披丕皮陂疲兒而

五微

微薇非菲扉斐誹霏緋妃飛肥淝幾機饑譏璣磯鞿
希稀晞欷衣依沂祈頎旂畿韋違幃闈圍威葳揮暉
輝徽禕翬巍歸

六魚

魚漁如茹洳余予妤歟譽旟璵畬輿餘於淤書舒紓
胥糈樗摴攄疏蔬梳虛噓墟歔初居裾琚据車諸豬
瀦且苴沮蛆雎趄疽狙鉏耡駔除滁儲躇渠蕖蘧醵
閭櫚廬驢臚

七虞

虞娛麌禺嵎隅喁愚俞逾渝覦窬瑜榆揄踰艅愉歈
臾腴萸瘐諛儒孺濡醹襦于迂盂竽吁盱紆煦姁輸

需繻須鬚區嶇軀驅樞趨朱珠侏硃邾銖洙茱株誅
蛛姝殊除瞿癯衢氍鸜夫扶蚨芙苻符鳧孚俘桴郛
敷膚夫鈇無蕪巫毋誣廡壺吾梧齬吳蜈胡湖瑚葫
餬狐孤菰瓠觚弧呱姑沽酤蛄鴣枯烏嗚鄔乎芻麤
粗徂租蒩匍呼蒲捕逋晡鋪舖都闍圖途塗徒鍍屠
瘏菟盧罏鑪壚顱瀘蘆鱸艫奴拏駑弩模謨膜嫫婁
鏤

八齊

齊臍躋黎棃犂藜瓈黧蠡驪鸝妻萋淒悽谿隄提題
蹄嗁啼低詆羝柢鵜綈騠禔梯雞稽嵇笄乩齏齎兮
奚蹊翳倪蜺荑霓輗西栖棲犀嘶梯鼙迷泥圭閨奎
袿睽攜畦鑴

九佳

佳街鞋厓涯捱睚牌排俳乖懷淮叉釵差柴齋豺儕
埋霾皆階偕喈楷諧揩蝸媧蛙娃哇

十灰

灰恢詼豗虺魁悝隈煨偎回迴洄徊枚梅莓每媒煤
瑰傀雷罍隤頹嵬隗槐桅崔催摧漼縗堆鎚推陪培
裴杯醅坏咍開哀埃欸臺抬儓薹苔駘該垓陔荄才
材財裁栽纔來萊崍徠哉災猜胎台邰顋罳孩皚獃

十一真

真禛稹嗔瞋振甄珍遵身娠申伸呻紳人仁神辰晨
宸脣漘純紉蓴醇鶉錞犉臣陳塵填辛莘新薪親荀
洵詢郇恂峋鄰麟鱗粼嶙磷燐轔頻顰嚬蘋貧賓儐
濱嬪彬豳寅夤因茵湮堙闉駰銀垠誾齗狺鄞嚚巾
津蓁榛溱臻墐[illegible]逡皴竣悛民泯珉岷緡旻閩春椿
淪倫綸輪掄論屯迍窀匀旬巡徇循馴紃秦螓諄肫
均鈞

十二文

文紋雯汶蚊聞枌棼汾氛焚賁墳濆分紛雰芬棻云
雲沄妘耘紜芸員鄖氳熅蘊縕君群裙宭麇軍皸熏
薰焄曛醺纁葷殷慇勤懃慬斤芹筋欣昕

十三元

元原源嫄沅垣洹園袁轅猿爰圈湲援媛冤鴛帵蜿
宛鵷眢暄萱喧狟諼塤軒掀犍言甗蹇煩番蕃播燔
膰蹯潘翻幡旛璠繙藩樊礬繁蘩魂沄渾緷褌昆琨
崑鯤鵾溫縕蘊門捫璺孫飧蓀尊罇蹲存敦墩惇暾
焞屯豚臀芚燉村盆湓奔賁論掄崙輪侖坤髡昏婚
閽惛歕噴痕根跟恩吞

十四寒

寒韓翰榦邗頇鼾看刊干竿犴玕杆奸豻安鞍丹殫
簞癉殫鄲灘歎攤珊跚壇檀彈殘餐闌瀾蘭爛讕丸
完桓紈莞萑皖歡驩寬官倌棺觀冠湍酸痠鑽攢團
剸摶鸞鑾欒巒圝孌漫謾瞞顢蹣鏝般盤磐瘢潘蟠
磻胖鞶弁

十五刪

刪潸關彎灣蠻還環闤鐶鬟圜寰湲鍰患攀姦菅顏

班斑頒扳般山訕孱潺僝頑閑憪嫻鷳閒間艱慳殷
鰥斕

下平聲

一先

先跣仙鮮宣千芊阡牽戔箋愆褰騫搴遷躚詮銓拴
荃筌痊全錢泉前乾虔鍵犍旋漩璇鏇延涎梴筵綖
鋋蜒沿賢弦絃舷煙湮燕咽妍研焉蔫鄢嫣扁編鯿
蹁褊邊籩篇偏翩鞭胼軿駢便眠緜棉緡肩堅濺韉
煎湔媊鬋鐫天顛巔癲田佃畋鈿滇填闐連蓮漣鏈
鰱憐然禪嬋蟬船邅鱣淵懸涓鵑狷娟湲羶扇煽穿
川專栴旃饘氈鸇傳椽廛纏躔甎顓遄鳶緣玄員圓
卷棬惓蜷鬈拳權攣顴年籛

二蕭

蕭簫瀟消宵霄逍綃銷蛸硝魈翛梟嚻枵刁凋彫雕

鵰苕岧迢髫齠調蜩條挑祧朓跳佻幺要腰喓邀徼
夭妖嬌驕矯椒焦蕉噍鷦鷯聊瞭嘹遼嫽鐐繚潦燎
寥堯嶢僥驍嬈超朝潮鼂饒橈蕘姚遙搖謠瑤猺颻
鴞軺樵譙憔喬僑嶠橋轎蕎翹漂僄嫖飄瓢飈剽標
鑣摽苗描貓燒韶軺

三肴

肴淆崤殽爻交郊蛟教膠轇巢鐃譊撓呶梢艄捎髾
鞘筲茅哮包胞苞泡拋庖炮跑匏咆敲磽鈔訬嘲坳
凹窅謷

四豪

豪濠壕號嗥高篙蒿膏皋槔羔餻勞嘮澇撈癆牢醪
毛氂旄髦叨弢饕絛韜滔洮刀忉舠搔騷臊繅艘陶
淘萄醄綯逃咷桃鼗濤燾曹遭嘈槽漕艚螬敖遨熬
嗷螯璈鼇鰲鏖袍褒操猱

五歌

歌哥柯牁戈過珂軻訶苛呵阿屙痾何河荷瑳搓磋
蹉嵯鹺艖娑莎挲梭唆蓑禾和科蝌窠髁俄哦娥峨
蛾莪鵝訛多羅囉蘿籮鑼邏螺騾羸蛇佗沱陀跎酡
駝鼉馱他拖挼鄱那皤婆磨摩魔渦堝媧波坡陂頗
嶓茄迦伽

六麻

麻蟆華譁驊花瓜夸誇胯加嘉家珈迦枷痂笳霞遐
蝦瑕椵葭邪琊耶椰揶斜車奢賒巴葩鈀疤爬杷琶
丫鴉椏啞叉衩差嗟紗沙裟牙枒衙茶闍佘蛇查楂
渣撾拏窪哇呱靴

七陽

陽揚楊暘颺鍚煬瘍羊徉詳祥庠翔強戕檣牆嬙梁
粱糧涼良量香鄉薌相湘廂箱緗襄鑲驤將漿螿姜
薑僵疆韁槍蹌鏘羌蜣央秧怏泱殃鞅鴦方芳妨枋
坊祊光洸桄王皇徨篁遑凰煌艎隍惶黃簧潢璜狂
亡忘望房牀常嘗償裳當簹璫襠鐺霜孀驦桑喪康
糠慷章彰樟漳鄣張昌倡猖菖閶長腸唐塘螗糖堂

棠郎廊浪踉琅狼榔囊倉滄蒼創瘡岡綱剛鋼荒盲
旁傍防汪忙邙茫臧贓滂磅昂航杭行吭頏彭

八庚

庚鶊更秔羹耕京荊驚莖精晶菁蜻睛旌英瑛嬰嚶
櫻攖纓罌鸚鶯清卿輕傾情晴擎檠黥鯨迎行盈楹
嬴贏營塋平評枰苹坪怦伻名明鳴兵并聲生笙牲
甥振正貞楨禎爭箏狰征鉦成城誠盛呈程酲兄瓊
煢榮嶸瑩縈滎橙萌盟氓鏗宏閎翃泓紘甍訇轟錚
衡蘅橫璜觥亨撐

九青

青星惺醒腥猩經涇馨形刑型邢鉶寧冥溟瞑螟蓂
銘丁釘玎仃汀町聽廳廷庭霆蜓亭渟婷靈櫺伶泠
玲鈴聆舲苓囹羚鴒翎蛉經涇馨熒螢扃坰萍娉

十蒸

蒸烝承丞澄懲仍層曾乘塍繩澠升昇勝曾增憎繒

罾僧繒甑徵癥陵淩凌菱輘膺應鷹譍凝興兢矜凭
冰馮憑登燈滕藤籐幐騰能朋鵬棱楞恆弘肱

十一尤

尤疣郵由油遊蝣鯈酋遒猶猷蝤憂優攸悠幽呦嘔
謳漚歐甌鷗求裘毬逑球仇讎酬綢惆稠輈籌儔疇
嚋柔揉蹂愁囚泅虯牛丘抽瘳秋鰍湫愀楸收搜修
羞廋颼蒐休庥髹貅舟州洲糾周賙鄒搊謅騶鄹陬
諏矛蟊鍪牟侔眸謀繆不芣罘抔浮蜉桴踣瓿裒頭
投骰偷婁樓塿髏褸摟簍螻流琉旒留遛榴騮劉瀏
鏐侯猴喉篌餱勾鉤軥溝篝韝兜

十二侵

侵駸今金禁襟音愔陰瘖尋潯岑涔壬任妊紝淫森
參蔘簪斟鍼箴砧忱椹沈林霖淋臨琴禽擒檎黔心
欽衾吟

十三覃

覃譚潭蟫醰曇壜參驂南楠男庵盦諳含函涵嵐婪
蠶簪貪探耽眈湛龕堪鬖弇談惔甘柑擔儋甔三藍
籃襤真慙酣邯憨

十四鹽

鹽阽檐廉濂鐮簾匳砭銛纖摻籤僉詹瞻譫占苫沾
蟾幨枏黏炎霑覘淹崦尖殲潛箝黔鉗鈐厭添甜恬
謙兼傔蒹鶼鰜餂拈嚴巖

十五咸

咸鹹緘杉喦喃讒饞巉欃銜嗛嚴巖杉芟凡帆監颿
嵌函

上聲

一董

董懂蝀恫峒桶動攏籠俸唪菶矇懵總傯嵸孔空汞

滃蓊

二腫

腫種踵寵隴壟擁壅甬俑涌湧踊踴慂蛹拱珙鞏悚
竦慫聳恐奉捧重冢宂茸

三講

講港棒蚌項

四紙

紙只咫枳旨指是諟氏士仕俟涘市視峙恃塒始史
使駛矢水死弛豕侈哆舐爾邇徙屣璽纚揣捶箠蘂
靡蘼彼被俾埤此髀婢泚紫觜訾髓累壘㠥漯耒誄
技妓掎倚綺觭旖蟻艤褫豸阤邐旎迤企跂姽委蔿
毀燬詭桅跪庪佹弭敉芈瞇姊秭兕黹雉履唯癸揆
几机跽洧巋軌簋晷匭宄鄙否企圮美匕比妣秕止
趾址芷祉時齒茝耳珥滓葸子仔耔梓似姒巳祀汜
耜徵耻里理悝娌季以已苡矣唉喜蟢起杞屺己紀

擬你

五尾

尾鬼偉葦韙煒瑋螘卉虺幾亹豨斐誹悱菲榧蟣豈
晞

六語

語圄圉齬禦呂侶旅膂紵苧貯佇予抒杼與嶼渚楮
褚煮汝茹暑黍杵處醑女許巨距炬鉅秬詎所楚礎
阻沮俎舉莒筥敘溆序緒墅

七麌

麌雨羽禹宇舞父府俯腑鼓虎古估詁牯股賈蠱土
吐譜圃庾戶樹麈煦怙琥嶁鹵滷努罟肚膴嫵扈滬
齲輔祖組乳弩補魯櫓艣堵覩睹豎腐數簿普姥拊
侮五伍廡斧聚午縷部柱矩武甫脯黼苦撫浦主炷
拄杜隖愈祜雇虜滸怒詡栩傴

八薺

薺禮體啟米澧醴陛洗邸底詆抵牴柢弟悌涕遞濟
蠡禰徯醍緹

九蟹

蟹解駭買灑楷獬澥騃鍇擺罷枴矮

十賄

賄悔改采彩綵海在罪宰餒醢載鎧愷待怠殆倍猥
隗蕾儡骰紿欸塏每亥乃

十一軫

軫敏允引蚓尹盡忍準隼筍盾楯閔憫泯囷菌畛哂
腎牝臏賑蜃隕殞蠢緊狁愍吮朕稹

十二吻

吻粉蘊憤隱近忿槿墳巹听齔刎抆

十三阮

阮遠本晚苑返反飯阪損偃堰袞遁遯穩蹇巘楗婉
蜿宛琬閫悃捆壼鯀撙很懇墾畚圈綣混沌娩烜焜
棍

十四旱

旱煖管琯滿短館緩盥盌欵嬾散繖傘卵伴誕罕澣
瓚纘斷侃算暵但坦袒蜑稈悍亶窾篹趲

十五潸

潸眼簡版琖產限撰棧綰赧剗羼僝柬揀

十六銑

銑善遣淺典轉衍犬選免勉輦冕展繭辯辨篆翦卷
顯餞踐眄喘蘚輭蹇謇演峴棧姺扁孌兖變跣腆鮮
件璉泫單畎褊惼殄靦緬湎鍵燹狷諞

十七篠

篠小表鳥了曉少擾繞遶嬈紹杪秒沼眇渺矯蓼皎

皦瞭繚燎杳窅窈窕嫋裊挑掉肇湫旐標慓摽縹藐撟殍悄愀兆夭嬌

十八巧

巧飽卯泖昴爪鮑撓攪狡絞姣拗炒

十九皓

皓寶藻早棗老好道稻造腦碯惱島倒禱擣抱討考燥掃嫂槁縞潦保葆堡褓鴇槀草皞昊浩顥灝鎬皁襖燠蚤澡栲媼

二十哿

哿火舸瑳嚲柁拕沱我娜可叵坷軻左果裹朵垛鎖瑣璅墮惰妥坐麼裸蠃蓏跛簸頗禍夥顆

二十一馬

馬下者野雅瓦寡社寫瀉夏廈冶也把賈假捨赭斝叚惹若姐啞灺且灑

二十二養

養瀁痒鞅怏泱象像橡仰朗奬槳敞氅廠昶枉顙強
穰沆盪蕩惘昉放仿倣兩帑黨讜儻曩丈杖仗響嚮
掌想榜爽廣享晃滉幌莽漭蟒繈襁紡蔣攘盎髒長
上罔網輞壤賞往怳慷

二十三梗

梗影景井領嶺境警請屏餅永騁逞潁穎頃整靜省
幸眚頸郢猛丙炳癭杏打綆哽鯁秉耿憬荇併皿靚
艋蜢冷靖

二十四迥

迥炯茗挺梃艇町酊醒溟剄竝等鼎頂詗婞陘肯濘
拯酩

二十五有

有酒首手口後柳友婦斗狗久負厚叟走守綬右否

醜受牖偶耦阜九后咎藪吼帚垢畝狃紐鈕舅藕朽
臼附韭剖缶酉扣瓿黝耇蒭丑苟糗某玖拇紂糾嗾
忸蚪赳陡毆

二十六寢

寢飲錦品枕甚審廩衽稔稟葚沈凜懍噤瀋諗荏嬸

二十七感

感覽擥欖膽澹噉坎慘敢頷闇萏撼毯槧晻菡喊揜
橄嵌欿

二十八儉

儉餤琰斂險檢臉獫染奄掩簟點貶冉苒陝諂漸玷
忝剡颭芡閃歉慊儼湆

二十九豏

豏檻範減艦犯湛斬黯范喊濫巉歉摻

去聲

一送

送夢鳳洞眾甕弄貢涷痛棟仲中糉諷慟空控哢恫
鬨哄

二宋

宋重用頌誦統縱訟種綜俸共供從縫葑雍

三絳

絳降巷戇撞淙

四寘

寘置事地意志治思淚吏賜字義利器位戲至次累
偽寺侍瑞智記異致備肆翠騎使試類棄餌媚鼻易
轡墜醉議翅避笥幟粹誼帥廁寄睡忌貳萃穗二帔

臂嗣吹遂恣四驥季刺駟泗識痣誌寐魅邃燧隧顇
謚熾飼食被芰懿悸覬冀暨媿匱饋簣恚比庇畀閟
泌祕鷙贄觶躓漬穉遲祟珥示伺嗜自詈荔莅莉緻
輊譬彗肆惴懟縊啻企為糒膩施遺縋摯錗

五未

未味氣貴費沸尉慰蔚畏魏緯胃渭謂彙諱卉毅溉
既翡餼

六御

御處去慮與礜署據馭曙助絮著翥箸豫恕濾庶疏
詛預倨茹語踞鋸沮洳淤瘀澦蕷醵鐻歟詎

七遇

遇路潞璐露鷺輅賂樹澍度渡賦布步固痼錮素具
數怒務婺霧鶩騖附兔故雇顧句墓暮慕募注註住
駐炷胙祚阼裕誤悟晤寤戍庫護屨訴蠹妒懼趣娶
鑄絝胯傅付諭嫗捕哺芋汙忤厝措錯醋鮒祔仆赴

賻酺惡互孺怖煦寓沍酤瓠吐鋪泝屢塑訃

八霽

霽濟制製計勢世麗歲衛第藝慧幣砌滯際厲涕睇
契潎獘斃蔽帝蒂髻銳戾裔袂繫祭隸閉逝綴翳細
桂稅壻例誓筮蕙偈詣礪勵瘞噬繼脃諦系叡曳憩
睨沴枻禘薊擠眥褉嬖棣說彘荔泥蜺唳薙澨薜羿
謎

九泰

泰帶外蓋大沛旆霈賴瀨籟蔡害會繪最貝靄藹艾
兌匃柰會儈檜膾澮獪鄶薈磕太汰癩蛻酹狽

十卦

卦挂懈廨隘賣畫瘥派債怪壞戒誡介价芥界疥械
薤拜湃快邁話敗曬稗瘵屆聵憊殺鎩噲蠆解喟唄
寨

十一隊

隊內塞愛曖輩佩代岱貸黛退載碎態背穢菜對廢
誨晦昧妹礙戴配喙潰憒賚吠肺逮埭概溉慨嘅愾
耒塊繢乂刈碓賽耐悖誖倅晬淬磑纇焙在再欬痗
酹靉睞徠采襶北瑇悔

十二震

震信印進潤陣鎮振刄仞軔順慎儐鬢殯擯晉搢駿
峻儁畯餕閏舜吝燼汛訊迅釁瞬襯櫬僅藎墐殣饉
覲濬藺躪憖徇殉賑璡瑾趁齔韌

十三問

問聞運暈韻訓糞奮忿分醞慍縕郡紊抆汶僨靳近
斤攟拚

十四願

願愿怨券勸恨論萬販飯曼蔓寸巽困頓遁遯建健
憲獻鈍悶嫩遜遠圂褪畹圈

十五翰

翰岸漢斷亂幹榦灌觀冠歎難散旦算半畔貫按案
汗閈炭贊讚漫幔縵玩爨竄攛粲璨燦爛喚煥渙換
悍扞彈憚段看判叛絆惋旰讕泮漶墁館

十六諫

諫雁贗澗間患慢盼辦豢晏鷃棧慣串莧綻幻訕丱
綰縵辦疝篡

十七霰

霰殿面縣變箭戰扇煽善饍繕鄯傳見現硯選院練
鍊燕醼嚥讌宴弮賤電薦狷睊絹眷彥絢掾佃甸鈿
便麵線倦羨堰奠徧戀轉囀釧眩倩蒨卞汴忭弁拚
片禪譴諺緣顫擅援媛瑗淀澱旋唁穿茜楝揀先衒
炫眩遣繾洊

十八嘯

嘯笑照詔召邵劭廟妙竅要曜燿調釣弔叫嘂燎嶠
少徼眺朓肖陗鞘誚哨料尿剽掉鷂糶噭燒漂醮驃

蔦摽

十九效

效教校較孝貌橈淖豹鬧罩踔窖鈔礟櫂棹覺

二十號

號冒帽報導盜操譟噪躁竈奧澳燠隩告誥暴好到
倒蹈勞傲耄澇造悼纛驁縞掃瀑靠糙

二十一箇

箇个個賀左佐作坷軻大餓那些過和挫剉課唾播
簸磨坐座破臥貨磋惰銼

二十二禡

禡駕夜下謝榭罷夏暇霸灞嫁稼赦借藉炙蔗假化
舍價射罵架亞婭罅跨麝咤怕訝詫迓蜡帊柘韡貰
瀉杷乍壩

二十三漾

漾樣養上望相將醬狀帳悵浪唱讓釀曠壯放向餉
仗暢量匠障滂尚漲訪舫貺嶂瘴亢抗吭炕當臟況
王纊鬯諒亮妄創愴刱喪兩傍碭恙颺閬旺償

二十四敬

敬命正政令性鏡盛行聖詠姓慶映病柄鄭勁競淨
竟獍孟迸聘穽諍泳請倩硬檠更敻併儆偵

二十五徑

徑定聽勝磬罄應乘媵贈佞稱鄧甑脛瑩證孕興經
濘醒錠暝賸剩凭凝鐙磴凳亙飣

二十六宥

宥候堠就售授壽繡宿奏富獸鬬漏陋守狩晝寇茂
懋舊冑宙袖岫柚覆復救廄臭幼右佑祐侑囿豆逗
竇溜耨構遘媾覯購透瘦漱鏤貿走詬究湊謬繆籀

疚灸轂畜耨柩驟繇甃首皺縐袞晵咮姤又後后厚

二十七沁

沁飲禁任蔭讖浸祲譖鴆枕衽賃滲椹闖甚

二十八勘

勘暗濫啗擔憾纜瞰紺暫磡澹

二十九豔

豔劍念驗贍塹店占斂厭灩瀲墊欠槧窆僭釅坫砭
殮掞譫兼俺忝

三十陷

陷監鑑汎梵帆懺賺蘸讒劍淹站

入聲

一屋

屋木竹目服鵬福幅蝠輻祿碌穀轂熟孰谷肉族鹿轆腹菊陸軸舳逐牧伏洑宿蓿讀犢瀆牘櫝黷轂復覆複粥肅育縮哭斛戮畜蓄叔淑菽獨卜沐馥速祝鏃簇麓蹙竹竺筑築穆睦啄鶩禿扑岫鸑燠澳隩暴瀑漉蔌僕濮樸朴匊掬鞠鞫麴郁矗蹴夙餗匐觫倏勠

二沃

沃俗玉足曲粟燭屬綠錄籙辱獄毒局欲束告鵠酷蜀促觸續浴縟褥矚旭蓐慾梏篤纛督贖勗

三覺

覺角桷埆榷嶽樂捉朔數斵卓踔琢諑涿倬剝駮駁眊雹撲樸璞㱿愨確濁濯櫂幄喔握渥犖學

四質

質日筆出黜室實疾嫉術一乙壹吉詰秩密蜜率律
逸佚軼帙抶泆失漆膝栗慄篥畢蹕恤卹橘溢瑟匹
述七叱卒蝨悉朮戌唧櫛暱窒必姪謐秫帥桎汩

五物

物佛拂屈鬱乞訖迄吃掘崛紱弗茀髴勿詘熨欻不
屹倔黦

六月

月骨滑闕越鉞樾謁沒歿伐閥罰卒竭碣窟笏歇蠍
發髮突忽惚韈襪勃厥蹶蕨鶻訥粵悖餑兀杌紇矻
猝捽齕核曰刖

七曷

曷喝褐遏暍渴葛達韃末沫闊活鉢脫奪割拔跋魃
鈸撻闥撥潑豁括聒抹秣卉薩掇獺撮怛剌斡袜

八黠

黠札猾鶻拔八察殺剎軋刖劼戛嘎揠茁獺刮帕刷

九屑

屑節雪絕結穴悅閱說血舌挈潔別荊缺裂熱抉決
訣鴂鐵滅折哲拙切澈轍徹撤咽噎傑設鼈齧劣碣
掣譎玦截竊綴埒訐餮瞥撇蹩臬闑媟昳列冽洌褻
颭絰巇竭擷跌浙垤凸薛紲渫桀輟爇晢迭歠姪惙
拮絜

十藥

藥薄惡略作樂洛落閣鶴爵爝弱約腳雀鵲幕壑索
郭鞹博錯躍若縛酌託拓削鐸勺杓灼鑿卻烙絡駱
度諾鄂萼諤鶚橐漠鑰籥著虐箬掠穫鑊蠖搏鍔霍
藿嚼謔廓綽爍鑠擭籊亳恪貉箔攫涸芍彴瘧爚粕
格昨柝酢斫摸堊噱瘼矍各

十一陌

陌石客白澤百伯迹宅席策碧籍格役帛戟璧驛額

柏魄積夕脈液冊尺隙逆畫闢赤易革脊獲鬩屐適
幘劇戹磧隔益柵窄核覈舄擲責惜辟僻癖掖腋釋
拍舶擇礫軛摘射繹懌斥奕迫疫譯昔瘠蹐赫炙謫
虢腊簀賾碩螫藉翟穸襞砉亦擗擘骼隻鯽珀膈嘖
搤躑埸蜴幗摑嶧斁蓆貊檗汐摭唶咋嚇甓刺

十二錫

錫壁歷曆櫪擊績勣笛敵滴摘鏑適嫡檄激寂翟覿
逖糴析晳淅覓溺狄荻冪鷁戚慼滌的喫甓霹靂瀝
惕裼踢剔礫櫟轢皪鬲汨闃閴迪覡

十三職

職國得德食蝕色力翼墨極息直北黑飾賊刻則側
塞式軾域殖植敕飭棘惑默織匿億憶臆特勒劾慝
仄昃稷識逼克剋蜮即唧弋陟測惻翊泐扐亟殛忒
閾湢愎

十四緝

緝輯戢揖葺立集色邑入泣溼習給十拾什襲及急
岌汲級笈吸澀粒汁蟄笠執隰唈縶翕歙挹廿

十五合

合答嗒塔榻納匝雜臘蠟蛤鴿閤蛤闔衲沓踏盍榼
颯搨搭拉遝靸

十六葉

葉帖貼妾接牒蝶諜堞屧喋獵疊捷睫篋頰攝躡懾
協挾俠莢鋏浹笈燮靨葉摺饁擪捻婕苶

十七洽

洽夾狹峽硤筴法甲呷胛柙匣業鄴壓鴨乏怯劫脅
插鍤歃牐押狎祫袷掐

唐詩面面觀

許正中／著

■唐代古詩析賞（修訂二版）
■唐代絕句析賞（修訂二版）
■唐代律詩析賞（修訂二版）

床前明月光，疑是地上霜
舉頭望明月，低頭思故鄉

提到唐詩，對多數人來說，腦海中會立刻浮現這首李白的古絕。既敘情，亦寫景；有意象，有畫面，也有情思。

我國是詩歌的國度，唐詩更是無價的瑰寶，無論從什麼角度來賞析，都有「橫看成嶺側成峰」的玩味。千百年來，唐詩的生命隨時代煥發不同光采。本書作者透過考據，於精微處另闢蹊徑，別開生面的說解，為唐詩挹注了源頭活水，呈現深刻動人的風貌。

為使青年學子與社會大眾更貼近唐詩的世界，序言中並說明唐詩各體演變的概況與平仄格律的規則；選詩之後附有白話語譯，且將歷代解說、評論擇要臚列，再加上作者人生智慧的創見，是學習唐詩最好的入門書。

且讓我們一同在作者細心引導下，走進唐詩繽紛的靜謐世界吧！

詩美學欣賞

詩詞曲疊句欣賞研究

裴普賢／著

本書作者裴普賢教授是東西洋漢學家中，第一位正式研究疊句的人，她為疊句繪製出三十五張臉譜，即定出三十五種名稱。她從《詩經》中疊句的研究開始，進而展開對樂府、唐宋詞、元明戲曲、現代新詩、歌曲乃至非韻文疊句的考察。全書舉例詳盡，幾遍及各類文體，讓讀者在領略疊句的萬種風情之餘，還能欣賞多篇優美的文學作品，就像深入名山，不僅觀賞了奇景，又意外的發現寶藏。

迦陵談詩

葉嘉瑩／著

本書收錄了葉嘉瑩教授歷年所寫關於中國詩歌的論著十二篇。其中所涉及的題目除了廣泛的中國詩歌在形式、內容、技巧方面的演進之外，尤其集中在古詩十九首與陶淵明、杜甫、李白、李商隱幾位名家的探討與欣賞上。作者採取了融貫中西、會通古今的觀點；在這種廣闊的背景上，她提出獨特的新見解，充分地顯示了作者感受的銳敏，思慮的周至，與學養的深厚。這是一本任何愛好中國詩歌的人都必須欣賞的優良讀物。

李杜詩選

郁賢皓、封　野／著

李白和杜甫是唐代最偉大和最受讀者喜愛的兩位詩人，千餘年來，他們的優秀詩篇不僅在中國膾炙人口，也在世界各國為人們所傳誦。本書選錄兩人最具有代表性的詩篇各七十五首，按其寫作年代編排，並作詳細的注譯與精闢的賞析。同時每首詩都附有集評，匯集了歷代詩歌評論家的藝術鑒賞和評論，讀者既可以從中得到思想和藝術的教育與高品味的美感享受，又保留了自我理解與賞析的廣闊餘地，可說是一本最適合雅俗共賞的李杜詩歌讀本。

古籍今注新譯叢書

新譯詩經讀本

滕志賢／注譯　葉國良／校閱

《詩經》是中國文學的濫觴，它所開創的寫實主義精神與賦比興的寫作手法，都成為中國文學優秀傳統的精華，也是研究商周歷史文化、社會民俗、文字音韻的寶貴文獻。本書的詮釋兼取前賢研究精華，注譯簡明準確，內容通俗而完備，是您涵泳《詩經》的最佳入門讀本。

新譯千家詩

邱燮友、劉正浩／注譯

《千家詩》是民間教導兒童讀詩的課本，內容包涵唐宋兩代近體詩的精華，無論在古典文學的奠基或性情的陶冶上，都有著深遠的影響。本書每首詩皆分作者、韻律、注釋、語譯、賞析等五項詮釋，幫助讀者瞭解，是現代人最佳的精神食糧。

新譯唐詩三百首

邱燮友／注譯

唐詩如群星耀眼，繁英滿林，是中國詩歌的黃金時代。想要摘星採英，一睹唐詩精華，最膾炙人口的選本，要算清人蘅塘退士編選的《唐詩三百首》了。本書依章燮注本《唐詩三百首》篇次，並跟《全唐詩》和《四部叢刊》本逐詩校訂，能取各版本之優點。每首詩皆依作者、韻律、注釋、語譯、賞析逐項詮釋，是您涵詠唐詩的最佳選擇。

古籍今注新譯叢書

新譯唐人絕句選

卞孝萱、朱崇才／注譯　齊益壽／校閱

在唐代，詩歌就如同日常生活中的柴米油鹽，是日常生活的組成部分。唐代詩歌比較全面地反映了唐代的社會生活，表達了唐人特別是讀書人的種種心態。我們今天閱讀欣賞唐詩，不但可以從中得到美的享受，而且還可以藉以了解古人的生活和心靈。而唐人絕句，以其輕薄短小而精鍊的特色，更是進入唐詩世界的捷徑。

新譯陶淵明集

溫洪隆／注譯　齊益壽／校閱

陶淵明的詩文，寓意深遠，篇篇可頌。李白曾說：「何時到栗里，一見平生親？」表達他的崇敬之情。蘇東坡則是一次只讀一篇陶詩，因為「唯恐讀盡後，無以自遣」。因此欣賞中國古典文學，您一定不能錯過陶淵明。本書注解詳盡，語譯貼切，加上精彩的導讀和賞析，完整而全面地呈現陶淵明的詩文世界，帶領您深入陶淵明留給世人的文學桃花源。

新譯楚辭讀本

傅錫王／注譯

《楚辭》對後世的影響至深，幾乎沒有一種文體不受到《楚辭》的薰陶及感染。二千年來研究《楚辭》者人才輩出，成績斐然，但仍缺少一項對《楚辭》作全盤性深入而淺出的介紹工作。本書除了淺易的注釋、流暢的語譯，還特別加有詳細的解題與析評，以及韻譜的介紹，希望能使這部文學巨著更易為後人接受。